明治耽美派推理帖

宮内悠介

幻冬舎文庫

かくして彼女は宴で語る

明治耽美派推理帖

目次

本文デザイン　鈴木成一デザイン室

第一回　菊人形遺聞

若い芸術家が芸術より他の何ものをも見なかつた時代だ。
真のノスタルジアと、空想と詩とに陶酔し、惑溺した時代だ。
芸術上の運動が至醇な自覚と才能から出発した時代だ。
芸術家の心の扉に、まだ「商売」の札が張られなかつた時代だ。
人生は美しかつた。永遠の光に浴してゐた。

——長田幹彦（『パンの會』野田宇太郎）

登場人物

木下杢太郎……………………詩人、劇作家、のちの医学者
北原白秋……………………詩人、歌人
吉井勇……………………歌人
石井柏亭……………………洋画家、版画家
山本鼎……………………洋画家、版画家
森田恒友……………………洋画家

事件関係者

森鷗外……………………小説家、評論家、翻訳家
飯山松五郎……………………胴殻師
大柴徳三……………………菊師
井上要之助……………………人形師
梅谷太郎……………………菊人形小屋「種惣」の店番

一

ふいに、郷里の伊東の海が鮮やかな色彩とともに杢太郎（もくたろう）の脳裏に蘇った。

それから、潮風を嗅いだせいで記憶が刺激されたのだと思い当たる。南からの風に乗って、東京湾の潮の香りが届き、ふわりと身体を包みこんでいた。とはいえ、もう十二月、それも夕刻なので風は冷たい。少し身体を震わせ、正服の胸のあたりを握りこんだ。

隅田川のほとりから両国橋を見上げ、郷里の家族のことを思う。

過去を振り返るのは、あるいは、時代の変遷が速すぎると感じられるからかもしれない。この両国橋もかつては木橋だったのが、十二歳で上京して獨逸（ドイツ）学協会学校に入り、それから数年を経たころいまの鼠色の鉄橋が作られた。

そうだ、あのころはまだ街灯の瓦斯（ガス）灯も増えていて、朝晩、点灯夫が火を消したり灯したりと、忙しく駆け回っていなかったか。それがいまは、電気に置き換わりつつある。あの点灯夫たちは、これからどうしていくのだろう。俥（くるま）をひくなどして、生計を立てるのか。

ほかにもある。上京したころ、馬車鉄道の馬糞にはずいぶんと辟易させられた。それももう電車となり、この両国橋にも線路が通っている。いざこうして置き換わってみると、馬車鉄道にあったなにがしかの愛嬌のようなものが懐かしくもなる。それからそう、日露戦争だ。一瞬の閃光のような狂騒があったのち、人々はすでに当時を忘れつつあるようにさえ見える。与謝野夫妻の『明星』誌も、先月をもって終刊となった。

すべてが変わろうとしている。技術も、人の意識も、そしていま目の前にあるこの景色も。あるいは、これからやろうとしている企みも、その一つと言えるかもしれない。

全体、これから何が残り、何が消えていくというのか。

否――それを決めるのが、自分たちなのではないか。

橋から目を離し、背後の両国公園と、その一角にある建物に目を向けた。夕闇に、暖かなランプの光が漏れ出ている。あの西洋館まがいの木造三階建てが、西洋料理屋の「第一やまと」だ。日曜日に杢太郎が丸一日歩いて、やっと探し出した店でもある。

時間だ。

肌寒いなか「第一やまと」に向かい、きらびやかな原色の窓ガラスを横目に、入口を抜けた。ランプの光の底に火鉢があるのを見かけ、冷えた手をかざしたところで、三階へ案内された。畳敷きの小さな和室に、石井柏亭(はくてい)君が一人坐っているのが見える。かつて親父さんが失職して十二のころから印刷局で働いていたという苦労人の柏亭は、時間にも真面目なところがある。

目配せをして、奥に坐る柏亭の向かいに腰を下ろした。

「待たせてしまったね」

「なに。ぼくもいましがた来たところさ」

柏亭が意に介さず応じ、やや身を乗り出してきた。

「それより、いよいよだね」

きっかけは、五年前に出た岩村透の『巴里の美術學生』だ。

海外各地で美術を学んだという岩村が、ヨーロッパの芸術家たちのありようや生きかたをしたためたこのエッセイは、瞬く間に、若い芸術家を虜にした。かくいう杢太郎も、この本に魅了され、憧れを抱いた一人だ。

特に、この一文には強く惹かれるものがあった。

――美術家が、他の人間社会と別に団体を結んで、他人の事には一切無頓着に、朝から晩まで美術の事計り見、聞、話して一生涯を暮らせると云ふ斯様な社会に生活して居る。

最初は流し読んだが、ふと立ち戻り、二度、三度とこのくだりを読み返した。そこにはまさに、いまの杢太郎らが手にしていない何物かが記されていると感じられたからだ。

それだけではない。

家に画の道を反対され、こっそりと杢太郎と号をつけて詩などを発表し、それでいながら、敷かれたレールである医学の道とのあいだで煩悶している。あげく、薬物学の試験日を間違えて留年する始末だ。だから、余計に思うのだ。ほかのことに頓着せず、カフェで談笑するパリの芸術家になれれば、どれだけよかっただろうかと。

先の秋ごろに、気の置けない仲間たちが集まった。その折に、意気投合した勢いで、杢太郎は提案してみた。自分たちで、新たな芸術運動を興さないかと。それも、自然主義と一線を画す、美のための美の運動を。

かくして、隅田川をパリのセーヌ川に見立て、同時に、消えゆく下町情調や江戸情調の残る場所を探そうということになった。ところが、東京にはまだカフェらしいカフェがない。そこで、杢太郎が一日歩いて見つけ出したのが、この「第一やまと」だ。隅田川沿いというのがいいし、赤や紫、緑に彩られた窓ガラスが気に入ったというのもある。

「なんだ。まだ二人しかいないのかい」

声がしたので、柏亭と二人で戸口に目を向ける。いつもの広闊とした額とともに、画家の山本鼎君がぬっと立っていた。鼎は柏亭の盟友とも呼べる存在だ。いっときは柏亭に長屋風の二階建てを借りさせ、その一部を間借りしていたともいう。三年前に発表された四十号の油彩、「蚊帳」は、日本で世に出たもっとも早い油彩だなどと柏亭は持ち上げる。

鼎はまっすぐに柏亭の隣の席を選び、ゆっくりと胡坐（あぐら）をかいた。

残りのメンバーを待たずに酒を頼むかどうか相談しているうちに、立てつづけに、森田恒友（つねとも）君も顔を出した。

柏亭、鼎、恒友は画の仲間で、去年、『方寸』という雑誌を立ち上げたばかりだ。もっとも、このころは皆が皆、あるときは詩や散文を書いたり、またあるときは画を描いたりしていた。誰が詩人で画家なのか、あるいは何者でもないのかは、後世の判断に委ねるしかないだろう。

恒友はしばし狭い和室を見回してから、杢太郎の二つ隣、戸口の前に坐った。痩せ型の恒友は鼎と比べると頼りなさそうでもあるが、こう見えて、二年前には東京美術学校の西洋画選科を首席卒業している。

「どうだろう、皆が集まる前に、食事だけでも頼んでおかないか」

「そうしようか」

杢太郎もこれに同意する。

「ここは牛鍋屋だが、西洋料理も出すし、酒の種類も多いから選んでみたんだが」

「寒いし牛鍋と行かないか」

来たばかりの鼎は、まだ羽織の前をあわせ、そのなかで両腕を組んでいる。

「ま、セーヌ川からは遠のきそうだが、作り慣れたもののほうがうまいだろう」

せっかく西洋料理を出す店をと歩き回ったのが水の泡になるようだが、鼎の言うことにも一理ある。柏亭が頷いたのを見て、杢太郎はあやのという若い和装の女中さんを呼び止め、六人分の鍋を頼んでおいた。それから、二、三分ほど遅れたところで歌人の吉井勇(いさむ)君が顔を出す。

勇は恒友の向かいにつくなり、

「適当な日本酒を燗(かん)してくれるか」

とあやのに注文を出し、それから座敷机にまだ酒がないのを見て、ばつが悪そうな表情を覗かせた。一日二升六合は呑むと豪語する勇らしいが、いつ作歌しているのだろうと怪訝(けげん)にも思う。このなかで一人、華族の出であるのが勇だ。ただ、本人はそれを心のどこかで拒み、かわりに酒と情痴に耽(ふけ)っているようにも見える。

それが勇の作風の幅を狭めているのではないかと、内心で杢太郎は疑っているが、さすがに面と向かってそうとは言えないし、生まれる家は選べない。しかし見ていられない思いもあり、慣れない短歌を送った。結果、こんな応酬となったのが、つい先月のことだ。

「日の本の勇にはなつ第一の汝(な)が矢は逸れて酒甕を射る」――勇。

「酔ひしれて歌などうたふなが胸は半斗の酒に足るとこそ見ゆれ」――杢太郎。

実際はまとめて数首ずつ送りあっていたが、おおむねこんなところだ。途中、あとにひけなくなったというのはある。自分の堅物ぶりに閉口させられもしたのは、たぶん勇の目論見通り。まあ、これは睦みあいのようなものだ。

「ぼくも燗酒と行くか。どうも今日は寒くていけない」

そう口にすると、視界の隅で勇が愉快そうににやりと笑った。

ここで北原白秋君がようやく顔を出し、全員が集まった。だいぶ遅れてやってきたものだが、白秋は気にする素振りも見せず、空いていた杢太郎の隣につく。最初の一杯は、皆、燗酒で行くこととなった。盃(さかずき)が揃ったところで、皆の目が発起人の杢太郎に集まる。

「そうだね」

杢太郎は少し考えて、それから盃を持ち上げた。

「日本最初の耽美派運動に」

――時に、明治四十　年十二月十二日。

杢太郎、二十三歳の冬。

集まりの名は、〈牧神(パン)の会〉。ベルリンで起きた芸術運動の会名にちなみ、杢太郎が命名したものだ。

二

幾分か酒が回ってきたところで、皆、思い思いに話しはじめる。来月に創刊号が出るという『スバル』の話やら、印象派についての画論、ついには与謝野鉄幹の悪口と、次々に話が飛んでいく。陰口にはやや眉をひそめるものがあったが、『巴里の美術學生』にはこうある。

――能く飲み、能く喋り、又た能く悪口を云ふ奴である。

当時のヨーロッパの美術学生を評した言葉だ。これを思い出し、それとなく静観した。

杢太郎、白秋、勇の三人は与謝野鉄幹率いる新詩社を抜けたばかりだ。皆、恩義はあるものの、勝手に詩を添削されたりと、若い杢太郎らには受け入れられない面もあった。白秋が与謝野に詩を盗まれたと恨み節を語ると、勇は、自分などは筆名まで変えられたぞとこぼす。

しかし、その与謝野の刊行する『明星』も先月に終刊した。これには杢太郎らも寄稿したが、同じくして、与謝野はとある歌を載せた。

ころあいを見計らい、杢太郎はその歌をひいて聞かせた。

「わが雛はみな鳥となり飛び去んぬうつろの籠のさびしきかなや」

こう言われてしまうと、やはり皆しんみりしてしまうようだ。その隙に、白秋に水を向けてみた。

「白秋君、きみが秋の『中央公論』に載せたあれだがね……」

あれ、とは九月に発表された白秋の詩のことだ。

蠱惑的な語をちりばめ、豪華絢爛な織物をつむいだあの作は、まさに美のための美といった風情で、白秋が特に力を入れたものと考えられる。

「邪宗門秘曲と言ったか、あれなどはまさに、この会のためにあるような詩だね」

ふと見れば、柏亭はビールを、白秋はウイスキーをといった具合に、さまざまなグラスが座敷机に並んでいる。勇はもう三合目だ。

鍋はまだ準備中のようで、なかなか出てこない。柏亭がうまそうに少しずつビールを舐めているので、杢太郎もそれにならって同じものを頼んだ。

白秋はというと、一瞬だけ虚空に目を向け、考える素振りをした。

「ああ。美のための美は、本物をも超えうる。少なくとも、ぼくはそう信じる」

そう断言できてしまう白秋が、少し眩しく思えた。

杢太郎もまた、美のための美を愛する。その点については間違いない。しかし同時に、内実や真実を求める気持ちもある。それらは戯曲などにぶつけているが、おそらく気質のどこかが分裂しているのだろう。

だから、一途に美を求める白秋が眩しく、羨ましくも感じられる。

しばし黙想しかけてしまった、そのときだ。

急に、向かいからやんややんややと喝采が聞こえてきて、意識をひき戻された。見ると、二つ隣の恒友が酔った勢いかなんだか、狭い空間で逆立ちをしようと試みている。何事かと目を剝くと、

「こいつ、ときたまこれをやるのさ」

と斜向かいの鼎が恒友を指さした。

「なんでも、風景を逆さまに眺めるのは、画家にとってためになるのだとか言ってね。逆さに見ると、物事があるがままに見えるそうだ」

「それは哲学においても真理かもしれないね」

生真面目な返答がおかしかったのか、勇と白秋が同時に噴き出した。それから、勇が和室の戸口に向けて顎をしゃくる。鍋を手にしたあやのが、困った顔をして突っ立っていた。

「そこのかた、恐れ入ります」

厚い布越しに鍋を手にしたまま、あやのが恒友に注意した。

「しばし、その体勢のままでいらしてください。危のうございますので」

屈伸運動か何かをしているような恒友はそのままに、皆の前に鍋が置かれる。

その場で調理をしないのは、座敷机であるために七輪の類いが置けないからだろう。つづけざまに二つ目の鍋と、皆の取り皿が運ばれてきた。やれやれというように恒友が元の姿勢に戻り、腰を叩く。

「では、いただこうか」

そう言って、杢太郎は胸の前で割り箸を横向きに割った。勇は江戸っ子らしく、口にくわえて箸を割る。肉は昔ながらのぶつ切りだ。それが豆腐や葱、白滝とともに割下に浸かっている。

「うん」

葱を一つ口にした勇が頷いた。

「意外と言っては悪いが、うまいね。ちゃんと焦げ目もつけてある」

「昔、印刷局の先輩に味噌味のを食べさせてもらったことがあってね」

ぶつ切りの肉を半分に食いちぎってから、柏亭がそんなことを言った。

「それが懐かしいんだが……。どうしてなくなってしまったんだろう」

「肉がよくなったからだと聞くね。味噌に頼る必要がなくなったんだ」

白秋がそれに答えて、

「そうだ。だったら今度、ひろに味噌味のを作ってもらって皆に出そうか」

ひろ、とは白秋が雇ったばあやの名だ。上京して早稲田大学の予科に入学するや、ばあやを雇ったというのは皆の語り草になっている。いかにも苦労を知らぬ彼の発言には、ときおりひやりとさせられるが、嫌みがないせいか、不思議と自然に聞こえもする。

ただ、やはり思うところはあるのか、柏亭がグラスを傾けながら苦い表情を覗かせた。それもそのはずで、柏亭は去年得たばかりの定職を、今年社の破綻で失い、新たに職探しをしたばかりなのだ。

少し考えてから、杢太郎は咳払いをした。

「このあいだ、鷗外先生の歌会にはじめて顔を出してみたんだがね」

これは、森鷗外の私邸で定期的に開催される観潮楼歌会のことだ。

「先生はさすがだね。ドイツやフランスの文芸美術の話をしても、当意即妙に返してくれる。ただ、そのとき妙な話を聞かされたんだ。いわば、謎のようなものなのだが……」

謎、という語に惹かれ、残りの五人の視線が集まる。

歌会には白秋や勇も参加することがあるが、画家連中にはなじみが薄いと考え、補った。

「その先生の千駄木の屋敷なんだがね、ちょうど、屋敷に向けて登っていく坂がある」

「団子坂だな」勇が短く返し、一息に盃を空けた。

「そう。菊人形で有名な団子坂だ。なんでも、三年ほど前、そこで事件があったそうでね。これがどうも不可解な話で、ぼくも見解を問われたのだけれど、答えられなかった」

「三年前？」と恒友が怪訝そうな顔を見せる。「だとして、なぜぼくらが知らないんだ？」

「戦争が終わったころだ」これには鼎が答えた。「町場の事件が耳目を集めやしないさ」

「それより、ぼくは早くその事件とやらを詳しく知りたいな」

卓上に、白秋が小さく身を乗り出す。

「なんなら解いてみたくもあるね。詩人や画家ならではの直感というものがあるだろう？杢太郎君、鷗外さんと渡りあうのもいいが、きみは少しばかり知識を蓄えすぎてるんじゃないか」

「それも一興かもしれないね」

友人の皮肉に、杢太郎は口角を片側だけ持ち上げた。

「あらましはこうだ。なんでも、とある菊人形が公衆の面前で〝殺された〟のだと……」

三

菊人形とはその名の通り、菊を飾りつけた等身大の人形のことだ。頭や手足の部分は木彫りの人形で、その他の衣裳は、色とりどりの菊を組みあわせて装飾される。胴体部分は角材で骨格を作り、その周囲に、竹ひごで輪郭を作っていく。このごろは、竹ひごに藁を巻きつけた巻藁を使うようだ。これで胴殻（どうがら）の完成。この上に、水苔（みずごけ）で根巻きした菊を着けていく。

　起源は江戸時代にさかのぼる。

　当時は、植木屋や菊栽培を趣味とする者が作っていた。これを皆が面白がったため、植木屋が菊人形を客寄せに利用するようになる。そのうちに、入場料を取って人形そのものを見せるようになったということだ。こうして、菊人形という言葉が誕生した。

　やがて、人気役者などを再現し、木戸銭を取って見世物とする興行がはじまる。団子坂で興行が許可されたのが、明治九年のこと。かくして、坂の両側に小屋が立ち並び、菊人形見物は秋の名物となった。また、そのつど、蓄音機や電動の舞台など、最新の技術が導入されている。

「あの菊人形ってやつは、どうも気味が悪くていけねえや」とこぼしたのは勇だ。

「まあそう言わずに聞いてくれ」

　李太郎は笑って、

「事件があったのは三年前――明治三十八年の秋だね。知っての通り、団子坂はそこらじゅう幟（のぼり）だらけで、歩いてみれば、小屋ごとに置かれた番台から、かしましく客を呼ぶ声が聞こえてくる。もっとも、このごろは新しい娯楽も多いし、どうなるかだが……」

　そんななかさ、と杢太郎はつづけた。

「あるとき、団子坂の菊人形に日本刀が突き立てられているのが見つかったらしいのさ。ところが、いつそんな凶行がなされたのかわからない。客の目があったし、外には店番もいたのにだ」

「確かに、謎と言えば謎だが……」

　やや口ごもるように、鼎が口を挟んだ。

「たいした事件でもなさそうだ。つまりは、人形の一つが壊されただけだろう？」

「ところがそうでもない。刀を突き立てられたのが、かの乃木将軍の人形だったからだ」

　乃木将軍は先の戦争の、立役者の一人だ。団子坂にはそのつど、最新の話題が採り入れられる。日露戦争もまた、例外ではなかったということだ。

「驚いたな。まったく、商魂たくましいというか……」とぼやくように言ったのが恒友だ。

「これで、この件が無視できないというのもわかったろう」

　なるほどな、とこれを受けて柏亭がうなる。

「三年前の秋。あの日比谷の暴動と重なるというわけか」

　当時、日本は戦勝国であったものの、払った犠牲に反して賠償金が得られず、人々は不満を募らせていた。それが爆発したのが、日比谷焼討事件だ。集会が暴動と化し、交番や官邸、キリスト教会、それから政府寄りとされた国民新聞社などが焼き討たれた。

「すると、将軍に刀を突き立てたのは、日露戦争への抗議といった政治的なものか」

「それがどうもわからない。攻撃されるのが、桂太郎や山縣有朋（やまがたありとも）といった政府の主戦派だというならわかる。だが、乃木将軍は従う軍人の立場で、それも勝ち戦を率いた英雄のようなものだろう。だから、暴動と結びつけるにも、何かが食い違っているような、据わりの悪さがある」

そこまで言ってから、杢太郎は葱を一つ、口に放りこんだ。香ばしさとともに、染みこんだ肉の旨味が広がっていく。

「なるほど、それは鷗外さんも災難だ」

得心したように、白秋が手にしていたグラスを揺らし、琥珀色の液体を波立たせた。

「自宅の目と鼻の先で、政治的とも言える事件が起きてしまったわけだ」

「そうなのさ」

葱を呑み下してから、杢太郎は頷いてみせた。

「それで、先生も気になって調べてみたようなんだが……。ちょうど、出征先から一時帰国していたそうでね。まず話を聞いてみたのが、種惣（たねそう）という菊人形小屋で木戸銭を取っていた梅谷太郎。これが、例の日露戦争がらみの展示をしていた小屋だな。最初、太郎はなかなか事件のことを話したがらなかったらしい」

「それはそうだ。みずからの不注意で事件が起きたようなものだからな」と、これは柏亭。

「が、鷗外先生も頑固な性格だから、結局話をひき出した。まずわかったのは、小屋の番をしていた太郎さえ、いつ事件が起きたかもわからない。気がついたら、将軍の胸に刀が突き立てられていたということらしい。ほかに気がついたことはないかと訊ねたところ、せいぜい財布がすられた騒ぎがあったくらいで、それも日常茶飯事なのだとか」

あとはそうだな、と杢太郎は顎をさする。

「刀を持ってきた客はいないかと訊ね、そんなの絶対忘れないです、と言われたそうだ」

「なんだ、何もわからないままじゃないか」

不満そうに口にしてから、恒友が白滝をひき上げた。嚙み切ろうとするが、切れない。結局そのまま丸吞みしてから、熱い、と恒友がうめいた。

「そろそろ肴が足りねえな」

勇が品書きを手にするが、並んでいるのは洋食ばかりで、いまひとつ鍋にはあわない。結局、追加で鍋を頼むことにした。注文を受けたあやのが、ぱたぱたと厨房に駆けていく。

「で、先生はそれからどうしたんだ」

「人形作りに携わった人たちの話を聞きたいと思ったそうだ。これはまあ、先生の興味もあったんだろうな。それで、太郎から彼らの名前や住所を聞き出した。具体的には、菊人形を作った人形師と胴殻師、それから菊師だ」

「胴殻師？」

はじめて聞く職であったようで、鼎が眉をひそめた。

「菊人形の胴殻は、人形師の仕事じゃないのか？」

「作業分担だね。ただ、鼎君の言う通り、人形師が胴殻を作ることもあれば、菊師が胴殻を作ることもある。そもそもは、趣味人や植木屋のはじめたことだからな。菊人形の隆盛を受けて生まれた、中間的な役割を担う職人というわけだ」

「で、その胴殻師とやらの話は？」

「ああ。芝区かどこかに住んでいたようだ。名前は飯山松五郎。先生によると、こんなやりとりがあったらしい」

――ああ。確かに将軍の胴殻をこしらえたな。珍しい注文だったたから憶えてるよ。

――人形の姿勢などはどう決めるのですか。

――なに、先に完成図の下絵をもらうんだ。それに従って、角材や巻藁を組んでいくとまあ、そういう次第だな。

「殻組の技は案外難しいそうだ。たとえば、交差する巻藁のどちらが内側で、どちらが外側か。着物の立ち姿や袴姿、打ち掛けなど、対象となる時代や性別に応じた寸法を理解しておく必要がある。また殻組の前から、巻藁の位置やそれを縛る向きなどはすべて決めておくのだとか」

「空間を把握する力が必要ということだね」柏亭が、画家らしい見解を述べる。

「そのようだな。ちなみに松五郎は一人住まいで、弟子がいたが戦死したそうだ」

「ふむ」

と、白秋がこれに反応する。

「それはやはり、先の戦争で？」

「そうらしいな。弟子の部屋というのがあって、諦めきれずそのままにしていたようだ」

――いなくなっちまったってのが、どうも信じられなくてなあ。

――若かったのですか。

――ああ。押しかけてきた弟子でな。もう菊人形の時代じゃないからやめろと言ったんだが、どうしても胴殻の技を身につけてみたいとね。

――働きぶりはどうでしたか。

――いつも、黒い手をして巻藁と格闘していたもんだ。もっと教えてやりたかったなあ。

――事件のあったことは、当然ご存知ですよね。

――そりゃ、まあ、な。でも知らないも同然だ。胴殻は納めたらそれで終わりだからな。

「がぜん怪しく感じられてきたな」

ぽつりと勇がつぶやき、とんと盃を置いた。

華族というみずからの生まれを嫌い、酒と情痴に耽り、ときに下品に、ときに露悪的に振る舞おうとするこの友人は、しかし、盃を必ず同じ位置に戻す。だから、卓が酒の輪っかだらけになることもない。

おそらくこれは、本人も気がついていないのではないかと杢太郎は思う。

「ところが、もっと怪しいやつがこれから出てくるんだよ」

「それは？」と鼎。

「菊師の大柴徳三（おおしばとくぞう）だ。住まいはどこだったか。そうだ、確か牛込のほうだと聞いた」

「その菊師ってやつが、胴殻とやらに菊を植えるのか」

「うん。植える、という言いかたが正しいかどうかは知らないけど、とにかくそうだ。鷗外先生が訪ねてみたところ、家はなんだか廃墟みたいに荒れていたらしい。床のごみはそのままで、造花が飾られていて、それにも埃（ほこり）が積もっていたとか」

――すみませんねえ。いろいろありましたもので、気がついたらこのありさまに……。

——いえ。少しお話を聞かせてもらえれば、それでかまいませんので。

「床の間では、北斎の浮世絵が埃をかぶっていたそうだ」

——浮世絵ですね。絵がお好きなのですか。

——偽物です。安かったものですから。でもどうでしょう、なんだか匂い立つものを感じませんか。

——ふむ。言われてみれば、そのような……。

——部屋はこんなですが、菊師の仕事はちゃんとやっておりますよ。もっとも、このごろはもっと刺激的な娯楽が増えてきましたからね。なんと言いましたか、そう、活動写真ですとか。

——ああ。あれにはまったく驚かされますな。

——弟子も一人いたのですが、辞めてもらいました。おまえはまだ若い。先の見えない職人を目指すより、いまのうちに別の道を考えておけと。ただ、誤算がありまして。

——誤算？

——この家、その弟子が掃除してくれていたのですよね……。

「その弟子はいつ辞めたんだろう？」と柏亭が疑問をさし挟んだ。

「鷗外先生もそれが気になり、そのへんの埃を拭ってみたそうだ。少なくとも、三、四年は掃除されていない、というのが先生の見立てだ。それから、手に付着した埃を流すために、土間で水道を借りた。このとき、土間で妙なものを見かけた」

「妙なものとは？」

「織部焼風の碗だそうだ。ところが、側面の絵つけに、墨でバツをつけた痕跡があった」

——この印は？

——ああ、碗は前にいただいたものでしてね。でも、まがいものなのでバツをつけてしまいました。

——ふうむ……。

「うむ。がぜん怪しく感じられてきた」また、勇がそんなことを言う。

「確かに妙な人物だな」

姿勢を直してから、柏亭が腕を組んだ。

「が、逆に興味が湧いた。次に出てくる人形師とやらは、さらに輪をかけて怪しいのか？」

「ああ、そっちは割合はっきりしている。結論から言うと、怪しいけれど怪しくない」

「なんだいそりゃあ」

「まあ急かさないでくれよ。順を追って話していくから。まず、人形師の名は井上要之助(ようのすけ)。住まいは下谷区だそうで、三人のなかでは割合この場所に近いね。それで、やりとりはというと――」

――ああ。その件なら耳にしたたし、確かに俺が作った面が使われていたようだな。

――お作りになった面は、すべて憶えてらっしゃる？

――そうだ……と言いたいところだが、俺も齢でね。単に、嫌な依頼だったから憶えてるんだ。

――嫌な依頼、とおっしゃいますと。

――乃木の率いた旅順攻囲戦さ。世間は何やら賞賛しているが、俺はどうも疑問でね。先の戦争で、遼東半島に築かれたロシアの要塞を日本は脅威と見なし、それを無力化しようとした。これが、要之助の言う旅順攻囲戦だ。

「内容が内容なので、このときばかりは先生も慎重に言葉を選んだそうだ」

――二〇三高地のことですか。

――正面攻撃のくりかえしに、兵力の逐次投入。それで、一万五千人くらいが戦死したんだ。しかも、振り返ってみれば、二〇三高地にせよ、それほどの価値があったのか？

――はて。そんな話、新聞にありましたか。

――友人に軍関係のやつがいてな。そいつから話を聞いた次第さ。俺は友達のほうを信じるね。だがよ、それでも面には俺なりに魂をこめたぜ。

——魂、ですか。

——ああ。菊もいいが、人形はやはり面よ。それが腑抜けたとあっちゃあ、なんにもならねえからな。

「ふうむ、あの攻囲戦にはそんな説もあるんだね」意外そうに、恒友が口を挟んだ。

「それはぼくにもわからない」李太郎は正直に答えた。

「だが、こうなると、要之助とやらが怪しくないか？」

手酌で、勇が盃に日本酒を注ぐ。

「誰もが認める将軍を、そいつだけは認めてなかったってことだろ」

「うん。だから、先生もこの点はずばり訊いたみたいだ」

——失礼ですが、要之助さん。事件のあったころ、あなたは何を？

——それがよ……。

——何か？

——恥ずかしい話なんだが、あの日比谷の暴動に加わって勾留されてたのさ。

「確かか？　あれは二千人くらいが捕まったはずだろう」鼎が疑わしげに言う。

「念のため、警察のお偉がたにも確認したらしい。結果、確かに要之助は勾留されていたそうだ。あの先生は、ときたま無邪気に権力を使うね」

そう言ってから、隣に坐る白秋に声をかけてみる。

「白秋君はどう思う？　さっきから、あまり口を挟んでこないが……」

「いやあ」

何やら面映ゆそうな顔とともに、白秋が首のあたりを掻いた。

「政治的な話は、こう、興が乗らなくてね。政治は、どうも美しくなくてよくない。すまないが、この件はきみたちだけで考えてくれるか。美学の話に戻ったら、また参加させてもらうよ」

「ぼくの興味は酒と女だな」と、勇が重ねるように言う。

「そう言わんでくれよ。芸術家の直感とやらはどこへ行ったんだ。とにかく、先生の話はこんなところだ。正直なところ、真相はぼくにとっても五里霧中なんだが……」

四

「とりあえず話をまとめてみるか」

杢太郎たちの様子を見かねてか、穏やかに柏亭が切り出した。

「まず、事件があったのは三年前、日比谷の暴動のあと。人の多い団子坂で、白昼堂々、乃木将軍の菊人形に刀が突き立てられた。まず、この方法が不明。次に、犯人も不明。政治がからむ以上、容疑者は市民全員とも言えるが、乃木将軍に恨みを持つ者は、ある程度なら絞ることができる」

軽くまとめてみせるあたりは、柏亭のいかにも実務家らしい側面だ。勇などは鹿爪らしい顔で頷いてはいるものの、おそらく話の半分も憶えていないだろう。

柏亭が腕を組み直して、

「やはり気になるのは、衆人環視のなかで犯行に及んだ、その手段だろうな。店番の太郎とやらの証言も、なんだか頼りないところがある。まず、強行突破が実際に不可能だったかどうか考えてみようか。第一に、犯人は刀をぶら下げて団子坂を登っていくか、あるいは降りていく」

「この時点で目立ってしょうがないね」

そう言って、鼎が冷めてきた白滝をすする。

「廃刀令があったのはいつだ？」

「明治九年三月二十八日」杢太郎が即答する。

「どうだい」

困った顔をして、柏亭が恒友に視線を送る。

「きみの逆さから見た風景とやらで、この謎を解明できないか」

「そうだなあ」

無茶を言わんでくれよとばかりに恒友が応えたが、それから何か閃いたようで、

「逆さというなら、刀は最初から現場にあったとは考えられないか？」

「現場というと、菊人形小屋のなかか？」

「正確に言うなら、見世物それ自体だ。将軍は軍人なんだから、刀の一つも下げていておかしくはないだろう。だから犯人は普通に木戸銭を払って小屋に入り、客がいないころあいを見計らって将軍の刀をひき抜き、そして胸にさくりと突き立てた」

「いい案だが、残念ながらそうじゃないらしい」

やや恒友を見直しながらも、李太郎がゆっくりと応じた。

「というのも、鷗外先生もそれを考えたらしくてね。太郎から聞き出したところ、乃木将軍やほかの人形の刀は、飾りつけられたままちゃんとそこにあったそうだ」

「そういう大事なことは最初に言ってくれたまえよ」不満そうに、恒友が口をすぼめる。

「いや、すまないね。ぼくもうまく順序立てて話せなかったものだから」

「あれだ」

突然声を上げてから、白秋がぱちんと指を鳴らした。興味がないとか言っていたくせに、

何か思いつくと話に入ってくるらしい。

「機械仕掛け。具体的には、バネか何かで刀を射出して、それがちょうど将軍に突き刺さるようにしておく。装置を置くのは、向かいとなる小屋の、さらに背後。そこから刀を射出するわけだな。菊人形小屋は木戸銭こそ取るものの、幕で覆ったりはしていないからね。すると、犯人はこういうからくりに詳しそうな人形師あたりかな」

「いやいや――」思わず遮ったものの、つづく言葉が出ない。

「物理的な計算が必要だし、誤差もある」

かわりに、大真面目に鼎が応じた。

「予行練習なしで決行するのは無理だ。第一、入口の太郎に当たるかもしれないだろう」

白秋は一瞬喉を詰まらせたような声を出してから、

「それだよ」

と、やおら鼎を指さした。

「それをぼくは言いたかったんだ。本当は、犯人の狙いは梅谷太郎だった。動機はそうだな、痴情のもつれとでもしておこう。うん、それがいいね。ところが、狙いがそれて将軍に当たり、にわかに政治的事件の様相を帯びてしまった」

「もしそうなら、鷗外先生も途方もない無駄足を踏んだということだ」

なかば揶揄うように、勇がそのあとをついだ。

「うん、面白いな。そういうことにしておこう」

「それはそれとして、一応は店番の太郎も疑っておくか。とりあえず、証人と言えそうなのは彼一人なのが現状だからな」

何もなかったかのように、柏亭が話を戻す。

「まず、刀は朝一番に番台のなかにでも隠しておく。それから、少し人がはけたころあいを見計らって、刀を持ち出して、みずからの小屋に入り、ぐさりとやる。動機は……」

「痴情のもつれだな」と勇が笑う。

「興行主にどやされて恨みを抱いた。これならどうだ？」

杢太郎は思いつきをそのまま口にした。勢い、単純連想をつづけていく。

「関係者と言うなら、菊人形小屋には興行主もいたね。自分の小屋の人形をわざわざ破損するとは考えられないから、たとえばライバル店の興行主が刺客を放つ」

「そして、白昼堂々と刀を下げて坂をやってきた？」すかさず鼎が指摘してくる。

「そうだね、これはない」

杢太郎は案を取り下げ、背後の畳に手をついて宙を仰いだ。

「結局、手段が問題になってくるな。どう考えたものか……」

「全員が犯人」

ここで突然、鼎が過激な案を持ち出してきた。

「人々が、日露戦争の戦後処理に不満を抱いていた時期だ。だからこそ、集会が暴動にも発展した。同じくして、団子坂の見物客が全員で団結して、乃木将軍の胸に刀を突き立て、そののちに口裏をあわせた。壊す対象は、戦争に関係するものならなんでもよかった」

「ないな」白秋と勇が、こんなときばかり結託して即座に却下する。

「わかったかもしれないぞ」

不服そうな顔の鼎をよそに、柏亭が指を立てた。

「いやね、ぼくも逆に考えるというやつをやってみたんだ。こうしてみたらどうだ？　つまり、刀を持っていても不自然ではない人物を想定する」

「ほう？」と冷笑的だった勇がやや興味を示した。

「その人物は、しばしば洋装にサーベルという姿を人前に見せていた。団子坂に詳しいばかりか、坂の上に居をかまえている。逆に言えば、家の真下でしょっちゅうお祭り騒ぎをされるようなものだから、坂そのものに常々恨みを抱いていた。つまり犯人は、鷗——」

鷗外を慕う杢太郎は、身を乗り出して柏亭の頭をぽかりとやった。

「先生があそこに居をかまえたのは明治二十五年ごろ。すでに坂が騒がしかった時期だ」

「そうだなあ」

周囲が騒がしくなると冷静になるものらしく、鼎がおっとりしたような声で言う。

「これまで出てきた人物についても、もう少し考えてみないか。せっかく先生が調べたんだ。まず、人形師の要之助。勾留されていたというなら、犯人ではないのだろう。だが、彼が話した旅順攻囲戦の見解については気になる。同じことを考えた人間はいるということだ」

それで、と鼎が背後の壁に寄りかかってつづける。

「一番この手の事件を起こしかねない奇人は、やはり菊師の大柴徳三だろう。何を考えているのか、ちっともわからないところがある。が、徳三には動機らしい動機がない」

「確かあれだ、弟子がいたとか言ってなかったか」

勇がやや赤らんだ顔を撫でた。

「たとえば、そいつが戦死してたとか、そういうことは考えられねえか？」

これには、鼎のかわりに杢太郎が答えた。

「弟子がいなくなったのは、事件があった三年前から、さらに数年前。戦前にさかのぼってしまうよ」

「細けえ男だよ、まったく」

「反面、動機らしい動機があるのが、胴殻師の飯山松五郎」

淡々と、鼎が話をひき戻した。

「松五郎は弟子を戦争でなくしていた。それは、問題の旅順攻囲戦で亡くなった一人かもしれない。ただ話を聞く限り、なんというか、妙な事件など起こさないような安定した人格が窺える。印象だが、菊人形を殺すなどという、突拍子のなさとは縁がなさそうだ。そして何よりも——」

「手段がわからない」

これは白秋がひきついだ。

「結局、何もかもわからないということだね。どうだろう。いっそ、謎は謎のままのほうが美しくないか？」

「いま、刀はどこにあるのだろう。何か痕跡は残されていないのか？」

白秋の戯れ言を無視して、恒友がふと思い出したように言う。

「そうだ。このごろは指紋とやらが話題じゃないか。それで突き止められないのか」

「指紋法は今年の秋、事件は三年前のことだからなあ」

杢太郎はそれに応えて、

「そしてむろん、三人のうちの一人がやったとも言い切れない。手段もさることながら、それが一番の問題でもあるね。事件に将軍がかかわる以上、市民のほとんどが関係者だと言えてしまう」

「話が出発点に戻ってきたな」

柏亭がゆるやかに嘆息した。

「なんだか、白秋君の言うことも一理あるように思えてきたよ」

議論が膠着しかかった、そのときだ。

「一言よろしゅうございますか、皆様」

皆が、突然声をかけられたほうを向く。戸口に、新たな鍋を手にしたあやのが立っていた。

五

あやのはまず冷めた鍋を二つ片づけ、部屋の外に置いた。それから、「お気をつけくださ い」と言いながら、新たな鍋を皆の中央に配置する。ふたたび、熱い肉が恋しくなってきた ころだ。杢太郎はさっそく肉の一片を箸でつかみ、口に放りこんだ。

先に焦げ目をつけてあるため、香ばしい。嚙むと、じわりと肉汁が口内に広がった。確か、上京したてのころは、もっと肉はまずかったはずだ。

こんなところでも、世界は変わってきている。

「それで、なんだい？」と勇があやのに先を促した。

「そのつもりはなかったのですが、お話が聞こえてきてしまったもので。そういたしましたら、皆様が、ちょっとした見落としをなされているように思えてまいりまして」

「なんだか面白くなってきたな」他人事のように、白秋がそんなことをつぶやく。

「恐れながら、手段さえわかれば自動的に犯人もわかる、そのような事件というものがございます。皆様は、刀が突き立てられた手段について悩んでおいででした。そして実際、これは事件の要そのものであったのです」

「がぜん興味が湧いたな。どうだい、隣にお坐りなさいよ」

勇の誘いを聞き流して、あやのが立ったまま話をつづけた。

「犯人の行動は至極単純なものです。まず、変装をして問題の菊人形小屋を訪れる。それから将軍様の人形に近づき、人形のなかに隠してあった刀をひき抜いたのです。ご存知のように、菊人形というものは、巻藁で輪郭を作ったもので、内部は空洞ですから……」

「なるほど」

柏亭が短く応え、あやのの言を咀嚼するように二度、三度と頷いた。

「それでも、その瞬間を見られてしまうということはないか？」

「財布をすられたという騒ぎがあったというお話を憶えておいでですか。つまり、あらかじめどなたかの財布をすっておいて、それが騒ぎに発展したころあいを見計らい、小屋に入ればいいという次第です」

「だとして、犯人は誰なんだい」勇が先を急かした。

「これは、菊人形を作る工程を考えれば、おのずと明らかになってまいります。まず、人形師が木彫りの顔と手を作る。図案をもとに、胴殻師が心棒と巻藁をこしらえる。最後に、菊師が色とりどりの菊を飾りつけ、服装を再現する。この順番から考えると、犯行が可能であるのは一人しかおりません。最後に菊の飾りをあしらう、菊師の大柴徳三様です」

「動機は？」そう鋭く訊ねたのは、鼎だ。

「なにぶん情報が少ないものですから、想像を交えることになってしまいますが、お話を伺った限り、これではないかというのはございます。つまり、ある種の入れ違いがあったのではないかと」

「入れ違い？」

訊ねられ、あやのが少し考える素振りをした。それから、一同をぐるりと見回してくる。

「一つ、胴殻師の松五郎様のお話に、気になる点がございました。黒い手、のくだりです。お弟子さんが、黒い手をして巻藁と格闘していたとのことでしたが、なぜ松五郎様はそのような表現をなさったのか」

「妙なこととは思えないが……」杢太郎は自信なくつぶやいた。

「手を黒くして、といった言い回しでしたらよくわかるのです。ですが、松五郎様はそうはおっしゃらなかった。そういたしますと、黒い手とはすなわち、本当に手が黒かったのではないかと」

「というと？」

「菊という植物は、灰汁（あく）が強いことで知られております。触れると手が黒く染まり、長く触っていれば爪まで真っ黒になってしまいます。すると、こうは考えられませんでしょうか。件（くだん）のお弟子さんは、松五郎様の手伝いをする前に、菊をあしらう仕事の手伝いもしていたのだと」

「ふむ」

勇が徳利（とっくり）を傾けながら、感心したように鼻を鳴らした。

「するとなんだ。つまり……」

「戦死された松五郎様のお弟子さんとは、菊師の徳三様のお子さんでもあったのだと考えます。だから、胴殻の勉強をしながら、実家の徳三様の菊のお仕事も手伝っておられた」

「そうだとして、なんでまた菊師の倅（せがれ）が胴殻作りなんかを学ぶ？」

「すべてが変わりゆく時代です」

いったん言葉を区切り、あやのが軽く目を細めた。

「さまざまな娯楽が増え、菊人形の人気も下がっていくと予想されます。そういたしますと、おのずと、仕事にかかわる者が減ってまいります。このとき、最初に消えてなくなるのが、中間的な役割を担う胴殻師になりましょう」

そういえば、と杢太郎は自分で口にしたことを思い返す。

――人形師が胴殻を作ることもあれば、菊師が胴殻を作ることもある。

――そもそもは、趣味人や植木屋のはじめたこと。

「ゆくゆくは、菊師が胴殻も手がける時代になっていくと見られます。お弟子さんには辞めてもらったということでしたが、そうは申しましても、菊人形までなくなるほどではない。こうした将来を見据え、菊師の子が、胴殻師の弟子として修業をしていたとは考えられませんか」

「筋は通っている」

話を振り返り、杢太郎は右手で口元を覆った。これは、考えごとをするときの癖だ。

「……だとして、なぜ徳三は菊人形などを狙ったのだろう？　言ってはなんだが、菊人形に刀を突き立てたところで将軍が死ぬわけでもない。将軍の作戦下で倅が殺されたのだとしても、そんなことで溜飲が下がるものかね。露見すれば、菊師生命にかかわるかもしれないのにだ」

「恐れながら」

それだけ口にしてから、あやのが少しだけ顔を赤らめ、白秋のほうを向いた。

「先ほど、お名前が聞こえてしまったのですが、違っていたら申し訳ありません。もしかしましたら、北原白秋様ではありませんか」

「いかにもそうだが……」

白秋が困惑したような顔を覗かせると、ぱっとあやのの表情が華やいだ。

「ご活躍、拝見しています。まず、『詩人』『趣味』『心の花』」

これは、白秋が今年作品を発表した媒体だ。

与謝野のもとを離れた白秋は、その後、憑かれでもしたようにあちらこちらで大量の作を発表してきたのだ。

「それからそう、『女子文壇』『新聲』『新思潮』『中央公論』」

「なんだい、そういうことかい」つまらなそうに、勇が目をすがめる。

ちょっと待ってくれたまえよ、という白秋を無視して、あやのがつづける。

「『自然』『文章世界』『紅炎』『中學文壇』『文庫』――こんなところでございましょうか」

「うん、まあ、そんなところかな」やりにくそうに、白秋が頭を掻いた。

「僭越ながら、白秋様でしたら、徳三様がお考えになったことがおわかりになるのでは？」

「え？」

「徳三様はどうも余人のあずかり知らぬ考えをお持ちのようでございます。まず、飾っていたという造花です。鷗外先生は積もった埃を気にされたようですが、そもそも、なぜ菊師たる徳三様が、偽りの花である造花などを飾るのか」

「ものぐさだったとは考えられないかな。造花なら手間もかからない」一応、杢太郎は口を挟んだ。

「ええ、そうとも考えられます。では、織部焼風とされた碗のバツ印についてはどう解釈いたしましょうか」

「それは、碗が偽物だったから……」

「問題の碗は、贈りものであったというお話です。誰からかは存じませんが、わざわざ偽物など贈るでしょうか。そして受け取った側も、取っておくものでしょうか。使うなら使うでかまいません。捨てるなら捨てるでもいい。それでしたら理解できます。でも、墨で印をつけるというのはいかにもおかしな話です」

「確かにそうだね。だから、ぼくたちも徳三を疑ったわけだが」

「それから、飾られていたという浮世絵です。徳三様は、それを偽物だと認めつつ、匂い立つものを感じるとまで表現なさった。なぜ一方の偽物を気に入って部屋に飾り、もう一方の偽物には墨でバツをつけ、それでいて手元に残しておいたのか」

あやのが言葉を区切り、しばし、沈黙が場を覆った。

それからやっと、白秋が得心したように、

「なるほど？」

と愉快そうにあやのを見上げた。

「見えてきた。こいつは、言われてみれば実際面白いな」

「そうなのです」

やや抑揚のない口調で、あやのがそれに応えた。

「碗に墨でバツをつけたのは、その織部焼が紛れもない本物であったからなのです」

これで、杢太郎にもあやのが何を言おうとしているのかわかってきた。

反面、不可解そうに首をひねっているのが柏亭だ。

「よくわからないな。つまり、どういうことなんだ？」

「徳三様は、偽物こそを愛していたということでございます。浮世絵を気に入っていたのは、とりもなおさず、それが偽物であったから。碗にバツをつけたのは、本物を偽物へと変えるため。そもそも菊人形自体、手間をかけてこしらえた偽物だとも言えます。そしてまた、おそらくは白秋様と近しい思想をお持ちになっていた」

　おのずと、皆の目が白秋に向けられる。

　ふたたび頭を掻いてから、やりにくそうに白秋が口を開く。

「ぼくはこう言ったね。美のための美は、本物をも超えうる、と……」

　逆に言うなら、美のための美は偽物だと白秋は認めているということだ。しかしそれは、本物をも超える可能性を秘めてもいるのだと。

　軽く頷いて、あやのがその先をついだ。

「白昼、衆目のなかで、それにもかかわらず誰にも知られず人形に刀が突き立てられたというのは、いわば完全なる犯罪です。こうした事件そのものが、徳三様にとっては一つの芸術だった。そういたしますと、わたしには徳三様の考えがわかる気がするのです。すなわち、偽物の将軍様を殺すという行為は、生身の将軍様を殺める以上に、将軍様を殺めていたのだと――」

*

「どうも今日は一本取られたね」

　会がはけたあと、杢太郎は隅田川を前にしながら、友人の白秋に向けて言った。

暗い川の水面が、ちらちらと街の灯りを反射し、瞬く。友人はしばらく黙って隣に佇んでいたが、やがて、「そうだね」と言葉少なく応えた。

「ぼくが知らず知らずに抱えていた業を、なんだか見せつけられたような気分だ」

画家連中はもう帰路につき、勇はまた呑み直すと言い残して何処へと消えていった。そんななか、白秋は何を思ってか川辺に立っていた。その隣に、杢太郎も陣取った形だ。

川を行き交う船の姿は、もうない。両国橋を通る電車も、とうに終わっている。かわりに、俥夫たちが家路につく酔客を待って橋の手前にたむろしていた。

「もういいだろう。ぼくたちも帰らないか」

うっそりと水面を見つめる白秋にささやきかけると、相手がゆるく頷いた。それから、俥夫たちのもとへ歩きはじめる。道すがら、白秋が誰にともなく歌うように吟じた。

蛇目の傘にふる雪は
むらさきうすくふりしきる。
空を仰げば松の葉に
忍びがへしにふりしきる。

酒に酔うたる足もとの
薄い光にふりしきる。

即興で、詩をつむいでいるのだ。しかし、別に雪など降ってないし、頭上に松の葉もない。共通しているのは、せいぜい酔っているということくらいか。それなのに、まるで景色が浮かんでくるようだった。実際、白秋の頭のなかでは雪が降っているのかもしれない。改めて、この友人の特異な資質を思った。

我知らず、杢太郎は口のなかでつぶやいた。

「美のための美。全体、それはなんであるのか……」

覚え書き

本作はアイザック・アシモフの『黒後家蜘蛛の会』の形式を、明治期に実在した会にあてはめたものとなる。したがってアシモフにならい、覚え書きを附すことにした。まず、実在の人物や当時の文化風俗については、主に左記の文献に頼った。のちに名を残した人物については、混乱を避ける目的から筆名・雅名を用いたが、実際は、たとえば木下杢太郎は本名で「太田君」などと呼ばれていたと考えられる。引用箇所は、基本的に旧字を新字に直している。洋食店「第一やまと」については、石井柏亭の回想に頼る部分が大きいものの、大半は想像や推測に留まる。明治三十八年の秋、鷗外が一時帰国していたというのは、著者の創作である。また、本文中、差別的と取られかねない表現があるが、時代設定上、これを避けることは不自然でもあると考え、そのままとした。なお、昨今、明治の文人を扱った作が多く出ているため、この時代については、いまや読者のほうが詳しくなった面があり、著者個人の調査にも限界がある。考証の誤りなどに気がつかれたかたがいらした場合は、著者のSNSアカウント等に一報いただけると助かります。

主要参考文献

『パンの會——日本耽美派の誕生』野田宇太郎、三笠書房(1952)／『芸苑雑稿　他』岩村透著、宮川寅雄編、平凡社(1971)／『不可思議国の探求者・木下杢太郎——観潮楼歌会の仲間たち』丸井重孝、短歌研究社(2017)／『木下杢太郎——郷土から世界人へ』杢太郎会編(1995)／『北原白秋』三木卓、筑摩書房(2005)／『新潮日本文学アルバム25——北原白秋』山本太郎編、新潮社(1986)／『吉井勇——人と文学』木俣修、明治書院(1965)／『竹窓小話』平福百穂、古今書院(1935)／『柏亭自伝』石井柏亭、中央公論美術出版(1971)／『夢多き先覚の画家——山本鼎評伝』小崎軍司、信濃路(1979)／『最近東京市全圖』博愛館蔵版(1908)／『生活様式の研究——明治末期からの都市居住者の生活様式の形成と変化について』渡辺光雄、高阪謙次、藤城栄一、筒井義富、江口敦子、馬路泰蔵、新住宅普及会・住宅建築研究所(1982)／『明治の話題』柴田宵曲、筑摩書房(2006)／『絵で見る明治の東京』穂積和夫、草思社(2017)／『教育社歴史新書〈日本史〉137——「食」の近代史』大塚力、教育社(1979)／『時代推理小説　半七捕物帳(五)』岡本綺堂、光文社(1986)／『わたしは菊人形バンザイ研究者』川井ゆう、新宿書房(2012)

第二回

浅草十二階の眺め

下界の人の有り様が見えるということは、逆に塔の上にいる自分もまた、下界の人々から見えるということでもある。(……)浅草十二階は単に高かっただけでない。その展望台は、人を見るという感覚、さらには人に見られるという感覚を立ち上げ、見ることと見られることの交換を容易にするのに、実に適切な距離をもたらしていたということになる。

——『浅草十二階——塔の眺めと〈近代〉のまなざし』細馬宏通

登場人物

木下杢太郎……詩人、劇作家、のちの医学者
石井柏亭……洋画家、版画家
山本鼎……洋画家、版画家
森田恒友……洋画家
磯部忠一……画家、のちに紙幣等をデザイン

事件関係者

武富仁蔵……印刷局勤務
武富とし……仁蔵の妻
桐野泰……印刷局勤務

一

第二回の〈牧神の会〉を前に、杢太郎は会場近くの隅田川のほとりに一人佇んだ。

どことなく憂いが晴れないのは、天気のせいだろうか。見上げると、年明けまもない空が灰汁のように暗く濁り、いまにも雪が降り出しそうな重い気配がある。

けたたましい金属音とともに、両国橋を電車が走り抜けていった。

橋のたもとには、子供の物乞いの姿もある。どうぞや、どうぞや、とその声が風に乗って流れてきた。その子供たちの傍らを、何もないかのように客を乗せた俥が走っていく。

杢太郎は手にしていた黒い洋傘を持ち替え、袂から懐中時計を取り出した。時計は実家の〈米惣〉から持ってきたものだ。時計はほどよく重く、手にするとひんやり冷たい。

時間まで、あと数分ある。

几帳面な石井柏亭君あたりはもう会場で待っていそうだが、もう少し川辺にいたい気持ちがあり、寒いなかその場に留まった。決して、きれいな川とは言えないだろう。そればかりか、ときに死体が流れてくることさえある。けれど、この流れが好きで、この場所を選んだのだ。

柵に両手をかけて、大きく息を吸いこんだ。

爽やかな冷気と、濁った水の匂いとが入り混じって肺に満ちる。曇天ゆえ、水面は暗い。それでも、ちらちらと瞬く流れを眺めるうちに憂愁は薄らいできた。振り返り、両国公園の一角にある「第一やまと」に目を向ける。原色の窓ガラスやそこから漏れ出る暖かな光からは、まだ二回目だというのに、懐かしさのようなものが感じられる。

もう一度、時計に目をやる。そろそろだ。また深呼吸をして、両の頰をはたいた。

ゆっくりと店に向かい、ごめんくださいと引き戸を開けると、長テーブルの前に置かれた火鉢がまず目に入った。店内は暖かいが、手はまだかじかんでいる。腰を屈めて火鉢に手をかざしていると、女中のあやのが、

「あちらでございます」

と奥の四畳半の和室を指さした。

せっかく西欧のサロン文化に憧れて立ち上げた会なので、大きな洋室も使ってみたいところだけれど、人数も少ないので、おのずと狭い和室になる。もっとも、会の目指すところは、欧風文化と江戸情調の融合だ。そう考えるなら、これはこれでかまわないだろう。

やはり、柏亭君が先に来ていた。

和室の前で履物を脱ごうとしたところで目と目があい、やあ、というように相手が奥の席で小さく手を持ち上げた。この友人画家との共通点は、おそらくは常識を重んじるところだ。

あるいは白秋君あたりに言わせるなら、常識に囚われている、といったところか。

洋画家としては鼎君が一歩先んじた印象だが、杢太郎は心中、この友人を応援している。

そういえば、前回は皆が酔っ払って勘定もわからなくなっていたところ、計算をして取りまとめてくれたのがこの柏亭だったらしい。向かいに坐り、まずはその件について礼を述べておいた。

「一応会費制にしていたが、足は出なかったろうね」

「なに、問題なかったよ」

抑揚のない口調で柏亭が応じる。

はて、と杢太郎は思い返した。なんだかんだと多く注文もしたし、彼が足りない勘定を補塡してくれた可能性はありそうだ。しかし、問題なかったと当人が言っているのだから、その心意気に甘え、「そうか」とだけ応じることにした。

姿勢を崩し、身体をくつろがせると、

「白秋君は風邪だそうだね」

ふと思い出したように、柏亭が肩の片方をすくめた。

「ここで会えるのを楽しみにしていたんだけどな」

「まあ、今日はどのみち鷗外先生の会があるからね」

会とは、鷗外宅の観潮楼で定期的に催される歌会のことだ。というわけだから、今回は、ぼくのほかはきみを含めた画家連中だけだ」

「元気だったとしても、そちらを選んだんじゃないかな。というわけだから、今回は、ぼく

知己の文人たちは、いまごろは鷗外先生のもとに集まっていることだろう。医学生の自分と鷗外とでは、魅力であれ、人望であれ、考えるまでもなく比較にならない。だから杢太郎としても、今回は早めに切り上げ、遅れて観潮楼に向かう心づもりだった。

「どうだろうね」

ふいに、柏亭がやや悪童めいた微笑を浮かべた。

「白秋君は、風邪さえなければこっちを選んだんじゃないかな。なんとなくそう思うよ」

「そうかな」

「わかってないな」

それだけ言って、また柏亭が無表情に戻る。おそらくは、画家仲間の紐帯と、杢太郎たちを重ねて考えているのだろう。さて、どうだろうか。もしかすると、柏亭の言う通りかもしれない。

黙考しかけたところで、ひょいと森田恒友君が顔を出した。

恒友は軽く挨拶をするとともに柏亭の隣に坐る。恒友は初回からの参加だが、飄々と、ど

ことなく皆を安心させる空気をまとっている。これからも定期的に来てほしい一人だ。

わずかに遅れて、山本鼎君も姿を見せた。鼎は無言で杢太郎の隣につくと、

「今日はこれで全部か？」

と皆を見回した。

「なんだ、『方寸』の集まりと変わらないじゃないか」

『方寸』は柏亭、鼎、恒友が刊行している美術文芸雑誌だ。最初は吹けば飛ぶような代物に見えたのが、このごろは、地道に部数を伸ばしていると聞く。いずれは、このパンの会も会報のようなものを作ってみたいが、それはもう少し先のことになるだろうか。

俯き気味だった柏亭が顔を上げ、四畳半の戸口に目を向けた。

「まだもう一人いるよ。磯部さんが来る」

「磯部忠一さんだったか」

杢太郎も同じように、まだ誰もいない戸口に目をやる。

「確か、柏亭君が官立の印刷局にいたころの先輩だったね。ぼくは、彼のことはよく知らないんだ。水彩を多くやるようだが、どういう人なんだ？」

ああ、と柏亭が応じて記憶を探るように視線を上向けた。

「気さくな人だよ。齢はぼくより三つ上でね。はじめて会ったのは、そうだなあ……。ぼ

くが印刷局の工生になったのが、十二歳の終わりだったから、当時の磯部さんは十五歳ごろかな。ちょうどその年に花見があって、そのとき、磯部さんは日本兵の扮装をしていたよ」

「日清戦争の終わったころか？」

「そうだね。で、画をやるような仲間も少なくて、その一人が磯部さんだったんだ。だから、よく一緒に写生なんかをしたもんだよ。五月雨のなか誘い出して、神社の境内で水画を描いたりね。その翌週には向こうから誘われて、堀切の菖蒲園に行った」

「へえ？」これは初耳だったようで、隣の鼎が気持ち前屈みになる。

「ところがだ。なんだか、菖蒲園の俗っぽさが嫌になってきてね。結局、その日は二人とも写生をやらなかった。要は、気があったということなんだろうね。そうだ、二人で奥多摩まで行ったこともあるよ――と、ご当人が来たみたいだね」

促されて戸口に目をやると、細身の忠一がするりと四畳半に入ってきたところだった。

「ずいぶん懐かしい話をしてるね」

実際懐かしそうに、忠一は眼鏡の奥の目を細め、それから破顔した。

「おかげで入りづらかったじゃないか」

「いやはや、悪かったね」これには柏亭も笑って応じる。

忠一は場をさっと見回してから、「やや落ち着かないがここでいいか……」と口をもごもございながら、皆を見渡せる位置、鼎の斜向かいに席を取った。忠一はこのなかで最年長だが、それでも二十九歳だ。李太郎は恒友に頼んで、あやのを呼んでもらった。

「今回は何にしようか」

おもむろに品書きを手に取った柏亭に、李太郎が提案する。

「店にまかせてみないか。洋食屋とはいえ前は牛鍋だったし、皆の酒もてんでばらばらだったから」

「うん、それで行こうか」柏亭がすぐに応える。

あやのはすでに和室の戸口に立ち、李太郎たちの注文を待っている。

「とりあえず今日お薦めの一品と、それにあう酒を全員に」

李太郎がそう伝えると、「承知いたしました」とあやのがぱたぱたと厨房に駆けていく。

まもなくして、長い脚に支えられた背の高いグラスが皆の前に並んだ。

「葡萄酒だね？」李太郎が訊ねると、あやのが頷いた。

「先の勧業博覧会で二等賞を受賞したものにございます。今回はお料理にあわせ、白を」

おのずと、皆の視線が李太郎に集まった。

どうもこういうことには慣れないが、発起人なのだから仕方がない。李太郎はグラスの脚を持ち、目の高さに掲げた。しばし考え、すう、と息を吸いこむ。

「我らが、美のための美の運動に」

――明治四十二年一月九日。

パンの会の第二回は、このようにしてはじめられた。

二

葡萄酒で口を湿らせるや、柏亭が話をこちらに向けてきた。

「きみ、いま戯曲を書いてるんだってね」

「ああ……」

つい、右手で目を覆ってしまった。

実のところ、この話題は避けたい。目下抱えている、憂鬱の種の一つがこれなのだ。

「『南蛮寺門前』という題なんだが、なかなか思ったように進まなくてね」

杢太郎としては、勝負の一作のつもりだ。

内容は、自我を確立しえなかった僧や武士が、邪教として排斥されている耶蘇教に、やがて死を賭して飛びこんでいくというものだ。そこに、南蛮趣味や歌舞伎、西洋と日本の音楽、さらには仏教の梵音などを渾然と鳴り響かせる――。

これまでの見聞や学んだこと、そして幼少のころに伊東の浜で聴かされた姉たちの賛美歌への憧憬など、手持ちのすべてをつめこむつもりでいる。ところが、目標を高く設定しすぎたせいか、うまくまとまらない。

それで、いまも目の奥を凝らせているというわけだ。

「基本的には、ぼくの耶蘇教への憧憬を基調としたいんだけれど……」

耶蘇教、という言葉に反応した鼎が、ここでシャヴァンヌの「貧しき漁夫」の話をしはじめた。かねて鼎が心酔を公言している洋画で、彼の言によるなら、耶蘇教と関連づけられた象徴がいくつも見出せるのだという。

話が戯曲からそれたことにひとまず安堵し、杢太郎は鼎の蘊蓄に耳を傾けた。それからやっと、創刊されたばかりの『スバル』第一号の話になった。これには鷗外先生が戯曲を、そして杢太郎は小説を寄せている。白秋の『邪宗門』の広告を打つこともできた。まだ完成していないものの、柏亭が装幀を手がけ、鼎らが画を寄せたものだ。

そのうちに料理が来た。まず、薄緑色をした液体の入った小皿と、次に薄切りにされ硬く焼かれたパンが皆に配られる。しかし、洋食といって連想できるのは、せいぜいがオムレツやロールキャベツ、クロケット、ライスカレーといったところだ。

配り終えられるなり、杢太郎はあやのに訊ねた。

「この小皿は？」

「オリーブ油にございます。パンに硬く焼き目をつけましたので、油に浸けて召し上がってください。それだけでおいしゅうございますよ。また、白の葡萄酒にもよくあうかと」

「確かに、西洋では古くからオリーブの油を使ってきたようだが……」

「神戸にオリーブ園があったのをご存知ですか。この油はその開園当時、先代のコックが苗木をわけてもらい、房総の友人に生育してもらった畑から採れたものと聞いています」

「驚いたな」

恒友がさっそくパンの一切れをつまみ、薄緑色の油に浸して口に入れた。

「なるほど、確かにうまいものだな。酒によくあいそうだ」

李太郎もそれにならい、油をつけたパンを齧ってみる。わずかに淡い青臭さが鼻に抜けてから、こくのある旨味が口に広がった。恒友の言う通りだ。

頷いて、葡萄酒をまた口に含む。

「そういえば、このごろきみたちは十二階下をうろついてるそうじゃないか」

やおら、柏亭が若干の咎めるような目つきを送って寄こした。

「どうせ啄木君あたりの影響だろうが、ぼくはあまり感心しないね」

「冷やかしだよ。ああいう場所にも、なんらかの情調があるはずだろう」

「きみはそうかもしれないが、白秋君や勇君はどうだろうな」

十二階下とはその名の通り、浅草の十二階の下に広がる私娼窟のことだ。浅草に建てられた十二階建ての高塔が栄華を誇ったのもかつてのこと、いまや、十二階を訪れる者もすっかり減り、その下はと言えば、銘酒屋などと称される私娼を抱えた店が迷路のように立ち並んでいる。

この十二階下になかなかの風情があると杢太郎たちに教えたのが、柏亭が看破した通り、石川啄木君だ。

杢太郎自身は、銘酒屋に入ったことはない。だが確かに、白秋や勇は足を踏み入れていそうではある。だから柏亭は、この二人がいない今日の会で苦言を呈したのだろう。

一応、二人に釘を刺しておくべきか。

いや、そうではないだろう。あの二人がどうしようと自由だ。そう思い直したところで、

「浅草十二階か」

と、ふと思い出したように鼎が口を開いた。

「ぼくたちは隅田川をセーヌ川に見立てて、こうして集まっているわけだが、それで言うなら、十二階をエッフェル塔に見立ててもよさそうなものだな」

いざ言われてみると、不思議とその発想はなかった。なぜだろうと自問しかけた瞬間、

「エッフェル塔には情調がない」

柏亭が持論を述べ、誰も見てきたわけでもないのに、なんとなくそういうことになった。

ここで突然、向こうの席に坐っていた忠一が「そうだ」と素っ頓狂な声を上げた。忠一自身、響きのおかしさを自覚したのか、姿勢を正してばつが悪そうに咳払いをする。

「十二階と言えば、柏亭君、こんな話を聞いたことがないか。なんでも、二十年近く前、ぼくたちの先輩があそこで事件を起こしたとかいう……」

「事件？」

単語に吸い寄せられるようにして、恒友がぐっと身を乗り出した。

「なんだか、前もそんな話が出てこなかったか」

「二十年前か。いや、ぼくは聞いたことがないよ」

そう柏亭が首を振ったのを受け、忠一がつづけた。

「ちょうど、あの十二階が建てられたころの話だ。もっとも、事件の当事者となった先輩から聞いたことで、ぼく自身、この目で見たわけではないんだがね……」

浅草十二階——正式には凌雲閣は、いまも浅草の目印としてそびえ立つ当代一の高塔だ。十階までが煉瓦造りで、その上に、木製の二階建てを積み増した形になる。明治二十三年の落成当初は電動式のエレベーターで八階まで昇れたが、鳴り物入りのエレベーターはだいぶ不安定な代物であったらしく、あっという間に運転停止の憂き目に遭ったと聞く。

一銭で貸し出された展望台の望遠鏡からは、吉原の女の顔が見えるとまで言われた。

ちなみに、風船乗りスペンサーと呼ばれる男が現れたのが、十二階の開業式の翌日のこと。これは、気球で高所に昇ってから落下傘で飛び降りるパフォーマンスを見せた英国人だ。してみると、明治二十年代というのは、人々が無意識に「高さ」を意識しはじめた時期と言えるのかもしれない。

しかし、それから二十年近くが経ったいまは、わざわざ十二階を歩いて登ろうという好事家もめっきり減った。十二階はどことなく亡霊のように浅草に立ったまま、いまだどの建物よりも目立ち、そしてどの建物よりも忘れ去られつつある。

「ことのあらましはこうらしい」

皆が興味を示したのを見て、忠一が眼鏡の位置を直した。

「十二階ができた翌年のことだ。季節は、ちょうどいまくらいか。あの十二階の展望台から、墜死した人間がいたらしいんだな。ところが、これがどうも妙な具合でね……」

三

年明けに十二階見物に出かけたのは、桐野泰(きりのやすし)と武富仁蔵(たけとみにぞう)、ともに忠一の印刷局での先輩であった。そのどちらが言い出したかはわからないが、十二階が開業してからしばらく経ったので、そろそろ混雑していないだろうという話になったようだ。

この一行に仁蔵の妻のとしが加わり、三人で集まる運びとなった。

「十二階が建てられた翌年となると、明治二十四年だね？」

念のため杢太郎が確認すると、憶えていないがとにかく翌年だ、と忠一が答えた。

「泰は職人肌で黙々と仕事をこなす性格で、仁蔵は印刷局勤務の傍ら、画を描いたりしていたようだ。まるで反対の気質のようだが、えてして、そういう組みあわせのほうが仲がよくなったりする。実際、二人は親友だったと聞くよ」

「仁蔵の妻のとしというのは？」

「泰と仁蔵、二人の幼なじみだったそうだ。いっときは、三角関係のようなものもあったらしいが……。とにかく仁蔵がとしを射止め、そして結婚に至った。柏亭君がこの話を聞かされなかったのは、このへんの綾も関係していそうだな。まあ、そんなわけで――」

共通の休日であった日曜の昼、三人は浅草のひょうたん池の前に集まった。

ところが予想と異なり、十二階はまだ見物客でごった返していて、そこに物売りやら大道芸人やらが加わり、だいぶ盛況であったという。

「休日だし仕方なしといったところか。ところで、浅草に三人で集まったはいいものの、仁蔵がちょこまかとあちこち動いてそのへんのものを観察して回るので、残り二人は閉口したとか」

　――そういえば、ああいうやつだったな。

　泰がそんなふうにこぼすと、

　――ええ、あれだけは変わらないみたいでして。

　と、としも諦め顔を見せた。

「ぼくにもそういう落ち着かないところはあるな」やや肩身が狭そうに、恒友が口を挟む。

「それが、尋常じゃないくらいだったそうだ」

「尋常じゃない。どれくらいだ？」興味深そうに、鼎が葡萄酒のグラスを揺らした。

「神は細かな場所に宿るんだと言ってね。その神を自分が体現し、そして守るのだとか公言していたようだな。ただ、これは理由があっての発言なんだ」

「というと？」

「どうも仁蔵は、浅草の鳥瞰図なんかを描いて、業務の傍らに売ったりしていたらしいんだな。自分の好きなこの国を、たくさん画にして残すのだとかなんとか言ってね。それで、印刷局では少し疎まれていた面もあったと聞く」

「そういえば、ぼくらも画をやって疎まれたね」

向かいの柏亭が、懐かしいような、ややほろ苦いような表情を覗かせた。

「あそこは、いつの時代も似たようなものか」

「そのようだね。実際、仁蔵も周囲の圧力めいたものに耐えかねて、印刷局を辞めたがっていたふしがあったようだ。できるなら鳥瞰図一本でやりたい、ということだね」

しかし、実際に仁蔵が職を辞すようなことはなかった。

おそらくは妻のとしを案じてのことだろう、と忠一は言う。

「ふざけているようで、根は生真面目。しばしば、気鬱に悩まされてもいたみたいだ」

鼎がこれに応えて、

「なかなか面白そうな男だな」

「すると、もう一人の泰というのも？」

「こっちの先輩は、合間に画を描くようなことはしなかった。さっきも言ったように、黙々と仕事をこなす性格でね。仁蔵より少し痩せ型で、そのせいか、一心に木版にあたる際なんかは、鬼気迫るものがあったよ。ほかに、印象に残るような話はあまりないんだが……」

思い出そうとするように、忠一の視線が中空を泳ぐ。

「そうだな。せいぜい、閉所恐怖症がひどかったくらいか」

「閉所恐怖？」鸚鵡返しとともに、杢太郎が首をひねった。

これはまあ聞いた話なんだがね、と忠一は前置きをしてつづける。

「狭い部屋につめて、皆で作業をしていたときだ。急に、奇声を上げたかと思うと、両手を万歳させて部屋から飛び出していったことがあったらしい。それで、詳しく訊いてみれば閉所にいることに耐えられなかったのだと。この一件があってから、局のほうは、なるべく泰に狭い部屋で作業をさせないようになった」

仁蔵と泰のあいだに、過去の三角関係のわだかまりのようなものはなかったという。

二人はずっと親しく、その様子はほかの印刷局の同僚も証言した。

あるときなどは、仁蔵の吉原遊びの悪癖を泰がたしなめ、以来、仁蔵はすっかり吉原に足を運ばなくなった。

仁蔵は泰に一目置き、泰の言うことなら素直に耳を傾けたということだ。

「としという仁蔵の妻は、ぼくは会ったことがないからわからないが――」

彼女には、ある種の性格の男たちから強烈に好かれるような、そういった側面があったらしい。

そして過去のいっとき、まるで秤に載せるようにして男二人をおかしくさせた。要はそれだけのことだが、結果として仁蔵の妻に収まり、仁蔵と泰はというと、何がどう転んだものか、逆に絆のようなものを深めていった。少なくとも、周囲の人間からはそのように見えたという。

「そういう人はいるよね」ぽつりと、柏亭が口のなかでつぶやいた。

「白秋君あたりが嵌まりそうなタイプかな」重ねて、鼎が知ったようなことを言う。

何気ないやりとりのようだが、これで少し微妙な雰囲気になってしまった。

鼎が柏亭の妹に思いを寄せていることを、皆が知っているからだ。

しかし、いっとき鼎と半同居生活を送った柏亭一家としては、鼎のいい面も悪い面も知り尽くしてしまっている。それで一家は妹を守る態勢に入り、鼎はと言えば、なおのこと思いを募らせ、柏亭宅の近くにまで転居してくる始末となった。

そういうところが悪いのだと杢太郎は思うが、さすがに面と向かって口にはできない。

「それで、仁蔵、泰、としの三人で十二階を登っていった？」

杢太郎が話をひき戻すと、「いや」と忠一が首を振った。

仁蔵も泰も、てっきり三人一緒に十二階を登るつもりであった。ところが、急に怖じ気づいたのかなんなのか、としが「高いところは嫌だわ」と階下に残ると言い出した。

——お二人で行ってらっしゃいよ。あたくしは、このあたりで待っておりますから。

仁蔵たちがいま一度誘っても、としは頑として譲らなかった。

——上からひょうたん池がどう見えたか、あとで教えてくださいな。

「今度は高所恐怖症かな」無意識に、杢太郎は顎のあたりを撫でる。

「さて、それはどうだろうね。ともあれ、十二階には仁蔵と泰で向かったわけだが……」

最初から、おかしな兆候はあった。

展望台のテラスに出てきた仁蔵が、青い顔をしていたというのだ。

「あのテラスのことはわかるね。木造で、一銭で貸し出される望遠鏡がある。それからだ。仁蔵は、展望台から何かを目撃した様子だったらしいんだな」

「目撃？」と恒友が眉の片方を持ち上げる。

「実はこのあたりは、話を聞いたぼくもよくわからないままなんだ。で、その直後だ。仁蔵の姿はもうなかった。あの十二階の展望台から、落ちていったと聞く」

「落ちたのは仁蔵だった。すると、この一連の話は、泰という人のほうから？」

杢太郎が訊ねると、そうだよ、と忠一が頷いた。

「だから事件とは言ったものの、事故なのか飛び降りなのかもわからない。しかし、なんとなく霞がかかったような、もやもやしたものが残る話じゃないか？」

忠一が一同を見回してから、ちなみに、と思い出したようにつけ加えた。

「この一件で寡婦になったとしは、後年、泰の妻となったそうだ」

四

しばし皆が沈黙し、外に控えていたあやのに葡萄酒やパンの追加を頼むなどしはじめた。

黙するのは、やはりこの一連の話から、否応なく一つの説が浮かんでしまうからだろう。

しかしその説は、おそらくはいまも生きているだろう人物を、さしたる根拠もなく告発することにもつながってしまう。

皆に見えぬよう、李太郎は頭のうしろを軽く掻いた。

「なんだか悪かったね」

空気が重くなったのを見て、忠一が申し訳なさそうに口にした。

「ぼくとしても、こんなつもりじゃなかったんだが……」

「いや、これでいいんだ」

そう言って、李太郎は手のひらを忠一に向ける。

「実際、こういう会なんだから。とはいえ、誰も何も言わないのもなんだな。誰か口火を切ってはくれないか。こういうのに向いていそうなのは……。そうだな、恒友君がいい」

「なんだいそれは」

恒友が心外そうに額のしわを歪めたが、それから真顔に戻って、わかったよ、と静かに切り出した。

「まあ、あれだ……。その一件は、泰が仁蔵を突き落としたな。それ以外ない」

「誰もが思うところではある」

恒友が発言したのを受けて、鼎がゆっくり腕を組んだ。

「親友に見えたとしても、その二人が心中でどう思っていたかなど、余人には知りようがない。そして後年、としは泰の妻に収まった。だから、事実だけを見るならば……」

刹那、忠一が目をつむるのがわかった。

その様子からは、彼自身、この事件について幾度も考えを巡らせ、思い悩んできただろうことが察せられた。ややあって、その忠一の口が重く開かれる。

「泰が仁蔵とともにテラスにいたらしいことは表現から察せられる。〝何かを目撃した様子だった〟〝落ちていった〟――特に、落ちていった、などというのは、上から見たのでもないと出てこない言葉だろう」

「でも一つだけいいか」

短く、柏亭が口をさし挟んだ。

「その泰という人のことは、当然、印刷局に勤めていたぼくも知っている。さほど親しくはなかったが、そういう殺しなんかをやるような人間だとは、ぼくには思えないんだ」

「もっと大きな疑問もある」新たに来た葡萄酒に口をつけてから、杢太郎も指摘した。

「というと？」

「なぜ、泰がこの話を語ったかだ。ぼくたちは皆、疑いの目を泰に向けたし、おそらくは忠一さんも一度ならずそう思ったからこそ、この件をいまも記憶している」

「良心の呵責(かしゃく)に耐えかねたというのは？」

腕を組んだままの鼎が、横から視線を送ってきた。

「しかしありのまま告白することはできなかった。だから、ほのめかす話をしたとは考えられないか」

「それはあるかもしれないが……」

「いや、やっぱりおかしい」

ひょいと、恒友が顎を持ち上げた。

「その日、十二階は混雑していたんだろう？　それに、建てられたばかりのころの話だ。展望台のテラスは、さぞや人でごった返していたことだろう。そんななか、突き落としなんかできるものか」

「さっきは〝それ以外ない〟とか言ってなかったか」すかさず、鼎が混ぜっ返す。

「それはそれ」

恒友はまったく意に介さず、

「もし本当に突き落としなんかやったとしたなら、とうにお縄になり、印刷局の仕事もつづけられない。こうして、ぼくたちが話を聞く機会もなかったってことだ」

「一理あるな」鼎が意外そうな目を恒友に向けた。

「二理も三理もあるよ！」

「では、こう考えたらどうだ？　群衆というのは、案外に互いを気にしないものだ。そこにいる皆の注意が向いていない、そういう一瞬の隙のようなものは必ずある。まして、展望台らしい展望台ができたばかりのころだ。皆の目は、眼下の浅草に向けられていたのではないか」

「そうとも言えない」これには杢太郎が応えた。

「なぜだ？」

「目撃者はテラスにいた人間だけとは限らない。皆も承知のように、あの十二階はエッフェル塔とは違う。つまり、高いようでいて、低いんだ」

「ははあ」柏亭には、杢太郎が何を言うのかわかったらしい。

「そう。あの場所は下からも見られてしまうんだよ。知人くらいなら判別できるし、そうでなくとも、誰がどういう服を着ていたかくらいはわかる。さらにつけ加えるならば、上にいる人間からすれば、いつ、どこから見られているかもわからないということになる」

とにかく、と李太郎はつづけた。

「そういう空間が、あの十二階だったというわけだ。これで忠一さんの懸念も晴れたのではないかな」

忠一は何も言わなかったが、少なくとも思うところはあったらしく、小さく頷いてみせた。それをよそに、恒友が座敷机に両肘をつく。

「となると、別の線を考えないとならないな」

「別の線と言っても、もう飛び降りくらいしかないだろう」わずかに、鼎が目をすがめる。

「そうとも限らない。いや、正直ぼくは話の半分くらいしか憶えてないんだけど……その仁蔵というのは、ちょこまか動いたりと、なかなか面白そうな人物だったそうじゃないか。なんとなく、粗忽者のようなイメージが湧いてこないか？」

「それは印象にすぎないだろう」

「まあ、そうかもしれないけどさ。ただ、一つ指摘できることがある。当時の人間が、展望台に不慣れだったということだ。仁蔵は落ちる直前、何かを目撃した様子だったんだろう？とすれば、眼下の出来事に気を取られて、身を乗り出して落ちたということは起こりえないかな」

「事故ということか？」

　李太郎の問いに、恒友が軽く頷く。

「たとえばそうだな、思いがけず、吉原の火事を見てしまった。時期は年明けだから、明治二十四年の一月か。そのころ、確か吉原での火事があったはずだ」

「火事を見たくらいで？」口にしかけてから、李太郎は恒友の意図がわかった。

「そう。仁蔵には吉原遊びの悪癖があった。あるいは、知己の遊女の一人くらいはいただろう。それで動揺して、うっかり身を乗り出して、こう――」

　恒友が右手を持ち上げ、すとん、と座敷机の下まで落とす。

「なさそうだな」と鼎がつぶやき、「弱い」と柏亭が重ねて指摘した。

「なんだい、二人して。そう言うならほかに何か示してくれたまえよ」

　恒友の要請を受け、うむ、と柏亭が喉の奥をうならせ、

「吉原の火事が弱いとするなら、さらに大きな事件ならどうだ？」

　と皆に問いかけてみせた。

　誰も何も答えないので、柏亭がそのままつづける。

「仁蔵はこんなことを言っていた。〝自分の好きなこの国を、たくさん画にして残す〟とね。言い換えるなら、愛国者であった、ということだ。そう考えるなら、二十四年の一月には、

彼を本当に動揺させかねない、もっと大きな事件があったろう」

「ああ――」

忠一が声を上げ、それから記憶を確かめるように、こめかみのあたりをつついた。

「帝国議会議事堂焼失か」

「そう。恒友君の説と組みあわせて、これくらいの大きな事件ならどうだろう？」

「残念だが、それはない」

即座に否定したのは鼎だ。

「あの議事堂焼失は一月二十日の未明。一行が十二階へ行ったというのは、確か昼間だったのだろう？」

「もしかしたら、実際は昼間ではなく深夜に潜入したのかもしれないぜ。そして、そのことがうしろめたかったから昼間に行ったことにしたとか」

「それもない」

これは、杢太郎自身が却下することにした。

「一行は日曜の休みに浅草に集まったという話だ。が、明治二十四年の一月二十日は火曜日にあたる」

「計算したのか？」斜向かいの恒友が、胡乱なものでも見るようにこちらを向く。

「曜日の計算は、ちょっとしたこつがあるのさ。ともあれ、休日に行ったと言うのなら仁蔵が議事堂の火事を目撃することはできない。ついでに言うなら吉原の火事は金曜日だ」

「休日に行ったというのが嘘なら？」念のためというように、鼎が疑問を挟む。

「そこまで疑い出したらきりがなかろうよ」

「出発点に戻ったな」

やれやれというように、鼎が宙を仰いだ。

「そもそも、仁蔵は全体何を目撃したと言うんだろう？」

「それについては、ぼくも考えてみたことがある」

話が膠着しかかったのを見て、おずおずと忠一が話に入ってくる。

「実際、この件は誰よりも考えてきたからね。〝何かを目撃した様子だった〟〝落ちていった〟――さっきぼくは、こうした言葉をひいて、泰がテラスにいただろうと言ったんだが……。なんだか振り返ってみると、逆に、念を押されているような気がしてこないか？」

それで、と忠一がつづけた。

「少しばかり、嫌な想像をしてしまってね」

「嫌な想像？」恒友が首を傾げる。

「こういうことなんだ。つまり、泰は十二階に登らなかったのではないかとね。いや、はっきり言ってしまおう。泰はとしとともに十二階の下に留まり、そしてその仲睦まじい姿をテラスの仁蔵が目撃してしまった。これを見た仁蔵は世をはかなみ、こう、どさりと」

「どさりと」

恒友が口を開けたまま固まり、残りの皆も、つづく言葉を出せない。なるほど、これは嫌な想像に違いない。

淀みかかった空気を変えるべく、杢太郎はひっかかっていた点を口にした。

「何か、妙な表現なのは確かなんだ。それはぼくも気にかかっていた」

これについては誰も思い当たらなかったのか、きょとんとした視線が集まった。

「いやね、前後関係のことなんだよ。〝展望台のテラスに出てきた仁蔵が、青い顔をしていた〟といったね。でも、二人は一緒に十二階を登ったのではないのか？　これではまるで、最初からテラスに泰がいて、あとから仁蔵が来たみたいじゃないか」

「いずれにしても最初の疑問が残るな」

そう言いながら、鼎がパンの一片を油に浸した。

「なぜ、泰がこの話をあえて語ったかだ。赤の他人相手に語るというなら、まだわかる。だが、忠一君は同僚だったんだろう？　そして現に、同僚にすっきりしないような、もっと言うならその後の接しかたに困るような、そういう印象を与えてしまった。これでは、仕事にさしさわりが出るというものだろう」

それもそうだというように、一同がうなる。

「いっそ、単純に考えてみたらどうだろう」間が空いたところで、恒友がぽつりと言った。

「自殺だね？」と杢太郎がこれに応じる。

「そう。もともと、仁蔵は気鬱を患っていた。とすれば、死にたいと思うような瞬間もあっただろう。そこにちょうど、十二階のテラスという絶好の死に場所が出現したとする」

「無難な線だね」

あまり興味なさそうに、鼎がぽつりと応じる。

「しかしこう、これまでの話と照らしあわせてみると、どうもすっきりしない」

「だったら逆に考えてみるか。こんなのはどうだ？　仁蔵はいまも生きていると」

突然翻された恒友の発言に、皆、一瞬無言になる。

「ほう？」ややあって、鼎が眉を動かした。

「つづけるぞ。仁蔵は、事件が起きる前から印刷局を辞めたがっていた。だから、自殺に見せかけ、その目撃者を泰にして、自分の存在を世間から消し去ることに成功した」

「十二階から落ちれば、死ぬと思うが……」

なぜこんな当たり前のことを言わねばならないのだろうとばかりに、忠一が指摘する。

「それは、あれだよ」

この点は考えていなかったようで、恒友が葡萄酒を傾けて少しばかり時間を稼いだ。

「二十四年ごろといったら、風船乗りやら落下傘やらが流行ったころだろう。だからそう、仁蔵はあらかじめ落下傘を担いでいって、それで……」

だんだんと、語尾が萎(しぼ)んでいく。

「ごめん。なんでもない、忘れてくれ」

「滑車と重り」

ここで突然、柏亭が急進的な案を持ち出してきた。

「まず、滑車とロープを用意する。重りは仁蔵より少し軽いくらいだな。ロープの一端は地上に残しておいた重りに結わえ、もう一端はテラスの滑車にひっかけておく。その後、テラスに出た仁蔵がロープを身体に巻きつけて飛び降りる」

「そうすると、落ちる速度が不自然になってしまわないかね」忠一が疑問を呈する。

「力学によるなら、物体が落ちる速度と重さは関係がないらしい」

雲行きの怪しさを感じつつも、これは杢太郎が補った。

「が、衝突時の破壊力は質量と速度によって決まる。だから、重りが仁蔵の体重を相殺して、充分な軽ささえ維持できれば、うまく着地できる可能性はないではない。しかし、それにしてもだな……」

ううむ、と喉元から変な声が出た。

「いろいろと言いたいことはあるんだが、何をどこからつついたものか」

「一つは、仁蔵が生きていたとして、いまどこで何をしているかだ」隣の鼎が口を挟んだ。

「考えられるのは、細々と鳥瞰図を売って生計を立てているとか」

恒友がまた身を乗り出し、皆を見回した。

「でも、どうせだったら一番面白い解答がいいな。そうだな、こういうのはどうだろう。仁蔵は実は生きていた。そしてその正体は、いま話を語ってくれた忠一さんご自身」

「なんだって？」

急に名指しされた忠一が、困ったような、半笑いをしているような妙な顔をする。

「いや、待ってくれたまえよ。仁蔵が生きていたということ自体、そもそも無理があるだろう。十二階ができたばかりの事件とあれば、墜死事件について記事の一つも出ていておかしくない」

「でも、ぼくたちは誰もそれを確認していない」やめればいいのに、恒友が食い下がる。

「事件があった当時、ぼくは十一歳くらいだよ」

「十一歳の男をめぐる三角関係」

ことのなりゆきを、鼎は明らかに面白がっている様子だ。

「うん、いいじゃないか」

「そのへんにしてくれるか」

鼎を横目でにらみつけ、杢太郎はぴしゃりと流れを断った。

「いやね、ぼくも酒精が回ってきておぼつかないけれど、一応、順序立てて話させてくれ。まず、十一歳との三角関係説は常識的にも、理屈の上でも無理がある。仁蔵と泰、としの三者は幼なじみだったからだ。次に、滑車説だが……」

酒のせいで、目の奥の凝りがひどくなった。

しばし間を置いて、杢太郎は片手で目頭を押す。

「まず周囲の目があるなかで、どう滑車を設置するのか。設置できたとして、それをどう始末するのか。重りはどう調達するのか。だいたい、柏亭君の説だと、着地してロープを外したあとに重りが落ちてくる。そのへんの誰かに当たらないとも限らない」

「そうか、思いついたぞ」

ここで恒友が割って入ってきた。

「聞いてくれたまえよ。こいつは、これまでの違和感を説明できる話でもあるんだ」

人が収拾を図っているのに何をと思ったが、そう切り出されると、若干の興味も湧いてくる。いったん黙し、恒友がつづきを話すのを待った。

「確か、十二階は開業まもないころはエレベーターがあったが、不具合が頻発してすぐに閉鎖されたんだったな。すると、十二階には空洞の縦坑が残されていることになる。そこで手順だが、まず、この縦坑の地面側に重りを置いておく」

「砂袋か何かか？」疑わしげに鼎が問いかける。

「人間を使う。具体的には、この話を語って聞かせた泰だ。〝仁蔵より少し痩せ型〟なわけだから、重さの条件を充分に満たしてくれる。かくして、仁蔵が飛び降りるのと同時に、泰は縦坑内を上昇していったという次第さ。二人が十二階を登った際の話の前後関係が妙におかしく聞こえるのは、こういう事情があったからなんだ」

「泰がそんなことに協力する理由は？」

「そうだな。印刷局を辞めさせてやるためか、あるいは、としの再婚相手となるためか」

「だとすれば、滑車やロープは泰が回収できる。案外、馬鹿にできなくなってきたな」

「馬鹿げてるよ」

一言のもと、杢太郎は恒友の説を却下した。

「第一に、縦坑は閉鎖されていて、一階部に入ることは難しい。人目があればなおさらだ。ついでながら、明治二十四年の一月には、まだ十二階のエレベーターは稼働していた」

「きみは本当に面白くない男だな」

不服そうな目を恒友が向けてくる。

「それなら、何かきみも案を出してくれたまえよ」

うむ、と杢太郎は腕を組んだ。

実のところ、考えのようなものもないではなかった。けれどこれは、おそらくは、かなり突拍子もないものに聞こえるだろう。

どこから話を組み立てるべきか、しばし思案した。

「……江戸時代には高い建造物が禁止されていた。江戸城の大天守が大火で失われてからは、高い建物と言えば、せいぜいが火の見櫓だ。そういう時代が、しばらくつづいたと考えてほしい。愛宕山の頂上に展望塔が建てられたようだが、それも五階建てでしかない」

いったい何を言い出すのかとばかりに、一同が静まり返った。なんだかやりにくいが、話しはじめてしまったものは仕方がない。

それでだ——。と、杢太郎は頭を掻いた。

「医学生の一人として言わせてもらうなら、四、五階程度から落ちたくらいでは、案外、人というものは死なないようなんだ。逆に言うならば、こういうことになる。浅草十二階という建築物そのものが、墜死という概念を生み出したのだと」

「ふむ？」と鼎が腕を組み直す。

「十二階のテラスに出た仁蔵は、そこで墜死という新たなる概念と出会った。かくして、墜死という新たな概念そのものが、かねて気鬱を患っていた仁蔵を惹きつけ、そして墜死に至らしめた。言うなれば、観念的なる自殺。これが、ぼくの考えていたことだ」

「李太郎君らしいと言えばそうだが……」向かいの柏亭が言い淀んだ。

「うん」

と、これは李太郎も素直に認める。

「突飛すぎるのは認めるよ。それに、これまでに出てきた手がかりと、どこか嚙みあわない感もある」

「だいたい崖からの墜死は昔からある。ほかにも、華厳の滝から飛び降りた若者がいただろう。あれはだいぶ話題になっていたはずだ」

鼎が身も蓋もなく指摘を入れてきた。

「それに飛び降りというなら、あれだ、安堂寺橋なんかはその名所だ」

「ただ、李太郎君の話から思いついたことはあるよ」

どことなくおっとりした声で、柏亭が新説をちらつかせた。

「これもまあ、観念的と言えばそうかもしれないが……。遠近法のことなんだ」

「なるほど?」画家仲間の鼎が、直感的に理解したらしく目をぎょろつかせた。

「仁蔵は確か浅草の鳥瞰図なんかを描いて売っていたという話だったね。ところで、この鳥瞰図なんだが、手法がいわゆる西欧の遠近法とは異なる。大陸から来た画法だと聞いたことがあるけれど、このあたりはぼくも詳しくは知らない。代表的なのはなんだろうな。そうだ、洛中洛外図がある」

これは京都の景観を市街から郊外まで描きこんだ屏風絵だ。

のっぺりと京都全体を俯瞰するため、西欧の遠近法とは異なるが、そのかわり、都の様子や人々が細かに描き出される。

「あれなんかは、鳥瞰図だからこそ可能な表現だね。とにかく言えるのは、人間がある一点から景色を俯瞰する、その視点には忠実ではなくて、あえて言うなら、画として誤っているということになる。ただ――」

むろん仁蔵とてそんなことはわかっていただろう、と柏亭がつづける。

「でも、どうだろう。実際に十二階に登ってみて、テラスに出て、本当の意味での鳥の視点を得てしまったなら? そしてその光景こそが、浅草を俯瞰するものとして、今後人々のあいだで共有されるだろうことが実感されてしまったら? それはもしかすると、仁蔵にとって、みずからの時代の終焉を告げる弔鐘(ちょうしょう)として轟いたんじゃないか」

「それでテラスに出てきたときに青い顔をしていたと？」忠一が確かめるように訊ねる。

「仁蔵が目撃したものとは何か。それはすなわち、浅草そのものだったのではないかな」

「近づいてきた気がする」

恒友が、らしからぬ神妙な口調でつぶやいた。

「いやね。ぼく自身、みずから追い求めた画の道が、一瞬で否定されるようなことが起きたらと想像するとね。確かにそれは、人一人を落命させるのに充分な理由だと思えるよ」

ふむ、と鼎が鼻を鳴らした。

「ある程度まで納得できる話が出てきたところで、腹が減ってきたな。この一品もなかなかのものだったが、そろそろ米も恋しくなってきた」

このとき、待っていたかのように、あやのが盆を手に姿を現した。

「ちょうどころあいかと思いまして、当店風のオムレツライスをお持ちしました。人数分ご用意いたしましたが、量は少なめに抑えてございます」

おのずと、配膳するあやのに周囲の目が向けられる。

前回の会でのあやのの活躍を、皆が記憶しているからだ。事情を知らない初参加の忠一だけが、雰囲気が変わったことに戸惑い、不審そうにきょろきょろと視線を泳がせている。

あやのは配膳を終えると、すぐには立ち去らず、両手に盆をぶら下げて皆に目を向けた。

「わたしからも一言よろしゅうございますか、皆様」

目をぱちくりさせる忠一をよそに、あやのがつづけた。

「恐れながら、皆様は仁蔵様の神学をお忘れになっているのではありませんか」

五

「あやのさん、きみが話そうとしているそれは、合理的と言える真相なんだろうね？」

李太郎が問いかけると、やや困惑したような表情が返ってきた。

「実を申しますと、これが合理なのか不合理なのか、わたし自身、見当がつきかねます」

ふむと頷き、李太郎は眼前のオムレツライスに匙を入れた。

巷で食べるものと異なり、卵が厚い層をなしているのではなく、どちらかと言えば、とろりとソース状に全体を覆っているかのように見える。一口食べてみて、なるほどと納得した。卵が米を柔らかく包み、その奥に、鶏肉や茸の食感がある。これは、思いもつかなかった工夫だ。

最初は怪訝そうな顔をしていた恒友が、「うまいな、これは」と真顔になった。

あやのはゆっくりと頭を下げ、しばし、皆が賞味する時間を作った。

「さて、先ほど柏亭様がおっしゃっていた鳥瞰図ですが、もちろんおわかりになった上でのご発言であったと存じますが、必ずしも、誤りとは言えない画法でございます」

「うん」

柏亭がそれに応えて、

「その点は、ぼくも補わなければと思っていたんだ。説明はまかせていいのかな？」

「できましたら、ご専門の柏亭様の口からお聞かせ願えれば」

わかったよ、と柏亭が姿勢を正した。

「西欧の遠近法というものは、雑に言ってしまうなら、ある一点から見た景色を描くものだ。それに対して、浅草の街の鳥瞰図などは、複数の視点を持っていると解釈することができる。いわば、視点を移動させることで、細かなところまで表現しているんだ。そう考えるなら、畢竟(ひっきょう)これは考えかたの違いにすぎなくって、だから、必ずしも鳥瞰図は否定されるものではない」

「恐れ入ります。わたしも、そのように理解しておりました。つけ加えますならば、実際、浅草を訪れた仁蔵様はちょこまかと移動して、あちらこちらを観察されていたとか。なぜ、東洋と西欧とで遠近の表現が異なるのか、わたしにはわかりかねますが……」

「なんだろうね。筆の運びかたの違いとかかな？」と柏亭が空中に人差し指を泳がせる。

「一神教と多神教の違いもあるかもしれないな」思いつくまま、李太郎もこれに応じた。

「……エレベーターなど、使わなければよかったのです」

ふとつぶやいたあやのに、視線が集中する。

どぎまぎした様子で、すみません、とあやのが顔を赤らめた。

「少々先走ってしまいましたが、こういうことなのです。いましがた、皆様はとある前後関係について悩んでおられました。仁蔵様と泰様は一緒に十二階を登ったはずなのに、あたかも、泰様が先にテラスに出ておられたようだと」

「そういえば、そんな話もあったたね」すっかり忘れていた顔で恒友が言う。

「これは簡単に説明がつくことです。まず、当時の十二階にエレベーターがあったことは、李太郎様のお話から明らかになりました。そういたしますと、泰様は混みあったエレベーターではなく階段を使って登り、あとからエレベーターで仁蔵様がテラスに出てきたということになりましょう」

「鳴り物入りのエレベーターだったのに、なぜ階段なんかを？」

そこまで口にしてから、鼎があっと思い出したように声を上げた。

「そうか、閉所恐怖があったな。泰は、エレベーターに乗りたくても乗れなかったのか」

「左様でございます。ただ、今回の要は、泰様が階段を使ったことではなく、仁蔵様がエレベーターを用いたということなのです。そして、そのことが確からしいということは、ここまでのお話からすでに判明いたしました」

「エレベーターを使うことの何が問題なんだ？」忠一が眉をひそめた。

「ここで最初に立ち返って、仁蔵様の神学というものを検証してまいりましょう。仁蔵様は、神は細かな場所に宿るとおっしゃいました。それを自分が体現し、そして守るのだと。細かな場所とは、鳥瞰図でしか描けない細部のことだと考えられます。ですが、体現とはいったい何を意味するのでしょうか？」

「画を描く、ということではないのかな」

李太郎が指摘したところで、あやのが首を振った。

「もしかしますと、それは文字通り体現であったのではないでしょうか。鳥瞰図とは、視点を移動させる遠近表現です。つまり逆に申しますなら、移動という行為そのものが、仁蔵様の神であった、、、、、のではありませんか」

あやのがつづける。

「そういたしますと、仁蔵様はある種の緊張下にあったと察せられます。まず、エレベーターという新たな技術によって、仁蔵様は何より大切にしていた移動を奪われてしまった。小さな箱に乗ってしまえば、ちょこまか動くこともままなりません。しかも箱を出てみれば、すぐさま八階にいるという次第です」

「そして――」

声をくぐもらせながら、柏亭があとをひきついだ。

「さらに上のテラスに出てみれば、目の前には西欧の遠近法的なる浅草が開けていた」

「やはりそれが、一番のきっかけであったと存じます。おそらくは、緊張下の、物狂いのような状態にあったのではないでしょうか。それでも、仁蔵様にもある種の計算はあったのではありませんか。つまり、自分がいなくなったとしても、とし様のことは泰様にまかせられると」

あやのはここで身を屈めると、空いた忠一の葡萄酒のグラスに指を添えた。

「そして、仁蔵様はみずからの神を守る行動に出ます。十二階という新たな展望と、エレベーターという新技術によって奪われてしまった神を取り戻すためには、全体、どのようにすればよいのか。混乱した頭が導き出したその解が、落下という縦の移動であったとすればいかがでしょう」

つ、と指をグラスの下に降ろし、あやのがまっすぐ忠一を向いた。

「ところで、なぜ泰様が忠一様にこの話をしたのか、たびたび疑問の声が上がりました。ですが、もし真相がこのようなものなら、泰様にとっても何が起きたのか皆目わからず、先ほど皆様がたが検討されていたような説をさまざまに考え、お悩みになっていたのではありませんか。ですから、信頼する忠一様に謎を解いていただきたかったのではないかと……」

＊

店の外にはもう雪が降りはじめていた。

画家連中は呑み直しに行ったり、帰宅したりとさまざまだ。忠一は、この話を先輩に伝えると杢太郎に言い残し、早足で帰路についた。

皆を見送ったあとも、杢太郎はしばらく両国橋前から動けなかった。仁蔵という人物のことが、頭から離れなかったのだ。仁蔵のことを、物狂いの類いとは考えられなかった。杢太郎は逆に、こう自問したのだ。

自分は美のために死ぬことができるだろうか、と。

おそらくは無理だ。まずまっさきに、郷里の伊東の家や姉たちのことを思い浮かべるだろう。それ以前に、いまだ医学と芸術という二つの道を選びかねている。それからややあって、あっさりと美のために命を投げ出しそうな友人の顔が浮かび、苦笑した。

無性に、鷗外先生の話が聞きたくなってきた。

医学と芸術を両立させている鷗外は、しかし一度も、詩や戯曲をやれと杢太郎を励ましてくれたことはない。認めてくれていないのか、それとも、一学生に対して無責任なことを言うのが憚（はばか）られるからか。あるいは、その両方かもしれない。

けれど、もし鷗外が真に杢太郎のうちに才能の輝きを見出していたなら？

首を振って、よぎりかけた考えを追い払った。時計を見る。まだ、鷗外宅の観潮楼での会はつづいているはずだ。雪が降りしきるなか、杢太郎は爪先を俥夫たちのほうに向けた。

覚え書き

この時代、巷の洋食店がオリーブオイルを利用できた可能性は低いと考えられる。しかし明治十五年ごろのオリーブ園の存在が確認できたことから、研究熱心なコックであればあるいは、と登場させてみることにした。洋食の歴史の、ｉｆの物語として受け取ってもらえると助かる。今回登場した磯部忠一は、のちに百円券の聖徳太子像などをデザインした人物と見てよさそうだが、人となりを示唆するような資料を見つけられず、今回も石井柏亭の回想に頼ることとなった。ありがとう柏亭。作中、華厳の滝から飛び降りた若者とは藤村操で、当時、大きなセンセーションを呼んだようだ。なおこの日、北原白秋が風邪をひいていたらしいことは鷗外の日記に記述がある。奇しくも同じ日、石川啄木も風邪をひいていたようだが、啄木はかまわず観潮楼の歌会に出席し、高得点を挙げた旨を嬉しそうに日記に記している。吉井勇は観潮楼の歌会のほうを選んだ。

主要参考文献

前回までの文献に加え、『浅草十二階――塔の眺めと〈近代〉のまなざし（増補新版）』細馬宏通、青土社（2011）／『日本人と遠近法』諏訪春雄、筑摩書房（1998）／『木下杢太郎日記　第一巻』太田正雄、岩波書店（1979）／『鷗外全集　第三十五巻』森林太郎、岩波書店（1975）／『父は明治のコックさん――苫小牧第一洋食店物語』山下正、近代映画社(2007)／「華麗な地模様を採用した初の聖徳太子肖像の乙百円券――戦前における最高傑作と言われたお札の地模様の原典を探る」(『第29回東京コイン・コンヴェンション』パンフレット内記事)、植村峻、日本貨幣商協同組合(2018)／「近代日本版画家名覧(稿)(1900-1945)」岩切信一郎、植野比佐見、加治幸子、滝沢恭司、三木哲夫、森登、樋口良一(http://www.hanga-do.com/img/Hangadomeiran102.pdf)

第三回

さる華族の屋敷にて

（木下杢太郎は）隔離によって癩の根絶を図るのは問題であり、患者に犠牲を強いるばかりか、生活の自由や生活の経済的基盤をも奪い、家族はおろか、同族に至るまで癩の刻印をおしかねないと憂えた。そして「癩患者」の恐怖感は、社会から受ける無言の制裁であり、業病という概念は宗教的憎悪ですらあるから、何よりも癩を普通の伝染病として、根絶のための化学療法の開発を強く望んだ。

——『ユマニテの人——木下杢太郎とハンセン病』成田 稔

登場人物

木下杢太郎……詩人、劇作家、のちの医学者
北原白秋……詩人、歌人
石井柏亭……洋画家、版画家
平野萬里……歌人
長田幹彦……小説家
栗山茂……詩人、のちの外交官、最高裁判事

事件関係者

池田兼済……華族、外交官
池田亮子……兼済の妻
池田末徳……兼済の弟
平山伝三郎……池田家の親戚、没落華族
せん……池田家の女中
つる……池田家に呼ばれた産婆

一

日暮れどき、芦ノ湖のほとりに男が立っている。

水面に映る我が身を凝視しながら、男は黙想する。男の名は、曾我箱王丸。頭を駆け巡る思いは、ただ一つ。出家すべきか、そうでないかだ。

稚児のころに父を暗殺され、以来、箱根権現社に身を寄せてきた。このまま出家して、法華経を読み、父への弔いとするか。それともやはり、俗世に留まり父の仇を討つべきなのか。

湖面には、いまだ自分の顔が映っている。そこに鐘が一つ鳴り、瞑想が破られる。

「父の面差に違わぬとか」

――鐘が鳴る。

「父の声音も、こう響くか」

――鐘が鳴る。

「あら荒涼じきおん相や」

――鐘が鳴る。

「いつまでも斯く、……あさましゅう……」

――鐘が鳴る。

「うつし世に存(なが)らうる敵(かたき)！」

――鐘が鳴る。

観劇する明治座の客たちの緊張も、徐々に高まっていく。

鐘の音はまるで自分の内奥に反響するようで、無意識に杢太郎は姿勢を正した。劇中の箱王丸の叫びは、こう問いかけてくるようにも聞こえてくる。詩作か、それとも医学の道か。

それから、思い直して首を振った。

物事を自分にひき寄せて考えてしまう癖は、ときに目を曇らせるというものだ。

上演されている史劇は、山崎紫紅(しこう)の作。

建久四年の「曾我兄弟の仇討ち」を題材に、その前日譚を描いた「破戒曾我」だ。

日本橋の明治座に寄ってみようと考えたのは、まったくのなりゆきだった。第三回の〈牧神(パン)の会〉に足を運んでみたものの、まだ誰も顔を出していなかったのだ。普段、きっちり定刻にやってくる石井柏亭君もいない。その場で待とうかとも考えたが、鷗外先生とも親しい紫紅の戯曲が、近くで上演されていることを思い出した。

――一幕だけであれば、時間も取られないだろう。

それまで難航していた戯曲、「南蛮寺門前」を書き終えたところだというのも、杢太郎をあと押ししてくれた。憂いがちだった心が晴れ、ほかの劇への関心が戻ってきたのだ。

そして、確信を得た。

紫紅の作も、なるほど面白い。が、「南蛮寺門前」は、日本の戯曲におそらくいまだ存在しなかった何物かだ。

劇が終わり、幕が閉じていく。

ざわつきはじめる観衆のなかで、杢太郎は誰よりも早く立ち上がり、ちらと出口に目を向けた。さすがに、誰かはもう会場に来ているころあいだろう。

明治座を出たところで冷たい風に吹かれ、羽織の前をあわせた。

いい晴れの日だが、一月の、それも夕刻なので寒い。身体を冷やさぬよう、そのまま足早に「第一やまと」に向かった。両国公園の一角にある、いつもの店だ。

歩いたのは、七、八分ほどだろうか。

引き戸をくぐると、女中のあやのが杢太郎の顔を見るなり、

「おつれ様、いらっしゃいましたよ」

と奥の六畳間へ案内してくれた。

座敷机の向こうに坐っているのは、やはり画家の柏亭君だ。ほかは、まだ誰も来ていない。

柏亭はこちらの顔を見て、「すまないね」と軽く手を振ってきた。

「あやのさんから聞いたよ。きみは今日、いの一番に来ていたらしいな」

「いや、気にしないでくれ。ちょうど、気になっていた劇を観ることができたからね。それに、普段はきみが一番乗り、白秋君なんて忘れたころにやってくる始末だろう」

そこまで話してから、ふと、柏亭が目玉のついた黒い箱のようなものを机に置いているのに気がついた。

向かいに腰を下ろし、「いいかな」と柏亭の了解を得てそれを手に取ってみる。

「ははあ、チェリーカメラか」

チェリー手提暗函（てさげあんばこ）――日本ではじめて量産されたカメラのシリーズだ。第一号の発売は六年前で、これでやっと、カメラが庶民の手にも届く時代になったというわけだ。

画家の柏亭が、興味を示すのも理解できる。

「ずっとほしいと思っていたのが、うまい具合に、安く中古で手に入ってね。嬉しくて、ついこれで遊んでいたら遅れてしまって」

「誰を撮ったんだ？」

「いや、人ではなくて、雲さ」

「雲？」

「うん。ちょうど夕刻に、いい具合の光が差していたものだからね」

「雲なんか撮ってどうするんだい？」

杢太郎の疑問は、三人目の登場でうやむやにされてしまった。

今回が初参加となる、歌人の平野萬里君だ。実家が鷗外の長男を預かった関係で、少年のころから鷗外宅に出入りしていたというから羨ましい。与謝野夫妻に心酔し、杢太郎や白秋、吉井勇らが与謝野率いる新詩社を抜けた際、彼が新詩社に残る道を選んだのは記憶に新しい。が、気まずい関係というわけでもない。

杢太郎らが寄稿し、啄木らが編集する『スバル』も、実は与謝野夫妻の援助あってのことなのだ。要は、若い杢太郎らが血気盛んな道を選んだものの、夫妻が温和に対応したことで、確執はあってないようなものとなったのだった。これは、社会というものを学ばされた一幕と言うべきか。

だから、いま振り返るなら、萬里が新詩社に残ってくれたことはありがたい。

とはいえその萬里も、今月の末ごろには横浜のガラス会社に勤めるというので、おそらくは忙しい身となるだろう。杢太郎としても、できるならつながりは残しておきたいが、こればかりはどうなるかわからない。

「カメラか、それは柏亭君のものかな。なるほど、画の道には役に立ちそうだね」

萬里が柏亭の隣に坐り、それから杢太郎に視線を送って寄こした。

「先の月曜、鷗外先生のところへ戯曲を持ってきただろう。なんだかやりこめられてしまったようだが……」

そうなのだ。

今週の頭、難航した「南蛮寺門前」がようやくまとまってきたので、杢太郎はさっそくそれを清書すると、鷗外に見てもらうべく観潮楼に持参したのだった。

やや言いにくそうに、萬里がつづける。

「先生を慕うきみのことだから、少し心配になってしまってね」

なるほどそういうことかと杢太郎は得心する。

ざっと原稿に目を通した鷗外の評は、

——だいぶ、いろいろなものが並べてあるね。

——緊迫感がなく、修辞がまずい。

といったところであった。確かに、さんざんと言えばさんざんだ。

ただ、このときばかりは、新しい戯曲が書けたという自信のほうが上回った。

「心配には及ばないよ」

ゆっくり応えながら、杢太郎はカメラを柏亭に返した。

「だいぶ型破りな戯曲だからね。本当を言うと、ある程度は予想できていたんだ。それより、先生はあとで添削すると約束してくれた。むしろ、ぼくはそのことが嬉しくてね」

「ふむ。実際、表情も明るそうだね。それならよかったが」

「それより、きみこそ大丈夫か。なんだか、活字の件で揉めているようだが……」

これはつい昨日、啄木宅で話を聞かされたことだ。

『スバル』の短歌を小さな六号活字で組むという啄木の方針に、萬里が強く反対したそうなのだ。すると啄木も啄木で腹を立て、萬里への長い抗議文のような手紙のようなものを杢太郎に手渡してきた。が、さすがにつきあい切れず、部屋のどこかに捨て置いたままとなっている。

確かに、活字の大きさは神経を使う問題ではある。

組まれる字が小さければ、蔑ろにされているように感じる歌人もいるだろう。ましてや、狭い世界のこと。

狭い世界であるほど、こうした些細とも取れる物事に人は拘泥するものだ。

「『明星』の時代でも、やはり活字の大きさで揉めてしまったじゃないか。『スバル』でそのくりかえしになってしまっては……。きみの力量は、誰もが認めているし――」

そこまで口にしてから、ごくりと唾を呑むように言葉を切ってしまった。

本心には違いなかったが、これではただの説得にしか聞こえないだろう。案の定、萬里は少し目をそらすと、彼自身どう言っていいのかわからないというような、複雑な顔つきを返した。

「認められてない」

目をそらしたまま、萬里がぽつりと言った。それから、さらにもう一度。

「認められてない。それが、問題なんだ」

二年前に萬里が上梓した『わかき日』への酷評は、いまだ彼の心に深く傷を残している。しかし、鷗外がまっさきにその才を見出したのは啄木や萬里でもある。このことに、杢太郎は一抹の羨望すら覚える。そして鷗外を新詩社にひき入れたのも、各派を横断する観潮楼の歌会を実現させた立役者も、実はここにいる萬里なのだ。

もっとも、人とのつながりを大切にしすぎるのは、ときに芸の妨げとなる。

そのままやがて書かなくなってしまうというのも、まあることだろう。萬里の顔つきから受ける印象は、何かそうした懸念を呼び起こす。

認めてやりたい。

うまく本心を伝えたい。が、この場ではもう無理かもしれない。あげく啄木は啄木で、こちらが困惑するような手紙を寄こすほどには意固地になっているから、ややこしい。

腕を組んで思案しているところに、四人目が現れた。

これも最初の参加となる、学生詩人の栗山茂君だ。杢太郎たちほど活発に交流はしないもののの、ときおり発表される作の鋭さのようなものには、皆、うならされている。まだ名は知られていない、しかし歴史に名を残すだろう将来の大詩人といったところか。

「ちょうど一昨日、『スバル』の次の原稿を啄木君に渡してきたよ」

茂は入口の付近、萬里のさらに隣に腰かけると、いきなりそんなことを口にした。

「シリアの砂漠を描いた詩でね。うまいと褒められたよ」

そこまで話してから、皆が無言であることに気づき、何かを察したようだ。

すぐさま、茂が話を軌道修正した。

「啄木君もいろいろと面倒な男だが、不思議と、褒められると嬉しくもあるんだよな」

「ああ」

これには、萬里も苦笑せずにはいられなかったようだ。

「腹の立つやつだし、素行にも問題がある。が、あいつは褒めるにせよ貶(けな)すにせよ、何をするにしても、わけがわからないくらい全力なんだよな。茂君の言うことは、わかる気がするよ」

とりあえず、啄木の日ごろの言動に助けられたといったところだろうか。

まもなく、力強い足音とともに長田幹彦君がやってきた。

幹彦は早大の英文科の学生で、すでにいくつか小説を発表し、将来を嘱望されている。そして、新詩人三羽烏と言われた長田秀雄の弟だ。兄の秀雄は医学校の入学準備で忙しいということで、別にそのかわりというわけでもなかろうが、とにかくこうして足を運んでくれた。

「前回と逆だな」

向かいで、柏亭が杢太郎から返してもらったカメラをそっと机の下に置いた。

「前は、杢太郎君を除いては画家ばかり。今回、専門的に画をやっているのはぼく一人じゃないか？」

「遅れて申し訳ない」

幹彦が軽く頭を下げて、杢太郎の隣についた。

「ぼくが最後かな？」

「まだだよ。白秋君も来るはずだが、いったい、いつになるやら……」

答えながら、ちらと懐中時計に目をやった。すでに、だいぶ経ってしまっている。

どうせ白秋は忘れたころにふらりと現れるだろうと、あやのに料理をはじめてもらうことにした。食事はあやのが薦める欧風カツレツとやらを全員に、そして酒はめいめいが好きなものを。

グラスや猪口（ちょこ）が揃ったところで、杢太郎は自分のビールのグラスを目の高さに掲げた。

「では乾杯と行こうか。まだ見ぬ、未来の新たなる美に」

――明治四十二年一月二十三日。

冬晴れの土曜日の夕。

かくして、第三回のパンの会の幕は上げられた。

二

しばらく他愛のない雑談がつづいたのち、島村抱月の洋行土産、欧州近代絵画論の話になった。

この論については、それぞれに思うところがあったようだ。内容そのものは面白いが、島村は画がわかっておらぬと皆が口を揃える。勢い、誰かがその絵画論への批評を『スバル』に寄せることになり、うやむやのうちに、杢太郎がそれを書くことになってしまった。

まあそれはいい。

趣旨は固まっているので、明日にでもさっと仕上げ、啄木君のところへ持っていけば済むことだ。

それにしても、その場にいない人間の話になりがちなのは、世の常というものか。やがて、『スバル』の創刊号に広告を打った白秋や勇の本が遅れていることが話題となった。

白秋の本が遅れている理由については、わかっている。

もともと無理があったのだ。収録作には、先月や先々月発表のものまである。加えて、凝りすぎた。赤のクロス張りに、イエズス会のマークの金箔押し。さらに鼎君の彫版も、遅れていると耳にする。

費用が実家から出ているらしいのは羨ましい話だが、聞くところでは、家が傾いているなか、蔵か何かに眠っていた慶長小判で仕送りや費用をもらっているという。これなどは、もはや一周回って笑い話となっている。

勇の本についてはわからない。

単に、気が乗らずに先延ばしにしている可能性はおおいにありそうだ。そういえば、『スバル』の仕事をひき受けながらも、何もしようとしていないと啄木はこぼしていた。そのくせ、『スバル』の創刊号に短歌七十八首からなる大作を出したあたり、なかなかに面の皮が厚い。

「勇君は、頽唐(たいとう)的境地から享楽的境地に移ったようだね」

柏亭がつぶやくと、萬里がそれを受け、「前より叙情を取り戻したな」と口を滑らせ、

「いや、すまない。いまのは忘れてくれ」

と皆に手のひらを向けた。

萬里は取り繕ったが、おそらく、このあたりは誰もが考えている。勇には何かが足りない。『スバル』に寄せられた勇の作は、ことごとくが恋愛を歌ったものだ。そこに恋の情炎はなく、ほとんどが享楽に留まる。が、凡庸ではない。だからこそ、もったいないと思わされてしまう。

しかしこれも、詮方ない話ではある。

勇は伯爵家の次男坊だ。そしてその事実から逃れ、一歌人として立ちたいと願っている。そうした思いが先走り、享楽、あるいは美のための美に流れてしまうのではないか。

「いずれ勇君が老成し、そのときなお、歌をやめていなかったら――」

つい、杢太郎は本心をそのまま口に出してしまった。

が、これは皆が聞き流した。かわりに遠くに坐る茂が思い出したように顔を持ち上げる。

「勇君は華族だったね。それで、ふと思い出したんだが……」

「なんだい？」と萬里が眉を持ち上げる。

「実は去年、与謝野夫妻に紹介してもらって、高輪（たかなわ）のほうにある華族の屋敷を訪ねたことがあってね。ところがどうも、ぼくが立ち去ったあと、そこで事件があったようなんだ」

「事件？」

「またか」

隣の幹彦と、向かいの柏亭が同時に声を上げる。ばつが悪そうに、柏亭が咳払いをした。

このとき、部屋の外にあやのがいるのが見えたので、杢太郎は彼女を呼び寄せた。

「すまないね。いま、客はどれくらい入ってるかな？」

「まだ早い時間ですので、皆様くらいのものですが……」

「では、そのへんでちょっと耳を澄ませていてくれないか。きみの出番かもしれない」

かしこまりました、とあやのがそっと外に控えた。

一連のやりとりに茂は目を瞬かせていたが、わからぬものはわからぬとすぐに気持ちを切り替えたようで、確認するように一同を見回した。

「自分で言い出しておいてなんだが、このことは口外しないでおいてもらえるかな」

あやのを含め、皆が頷いたのを受け、「わかった」と茂が話に入った。

「時期は去年の六月中旬。将来を考え、与謝野先生に紹介してもらった家なんだが――」

屋敷の主人は、外交官の池田兼済。

茂は兼済と会って話を聞くべく、午前、高輪の屋敷を訪れた。

「ぼくが訪ねたのは十一時ごろ。けっこうな日本家屋だったから驚いたよ。庭にはホオズキが咲いていて、それから客間や書斎にも電灯があってびっくりした。聞けば寝室にまであるとか」

茂が驚くのも無理はない。

いま電灯がある家も、せいぜい、茶の間に一つといったところだからだ。

「調度品も趣味がよかったな。なんでも外交官という職業柄、欧州人なんかがしばしば訪れたり泊まったりするようでね。だから、見映えには気を遣うらしい。外交官というのも、どうも大変だね。で、せっかくだから、家のあちこちを見せてもらったりもした。一つ、嫌なものを見てしまったが……」

「嫌なもの？」向かいの柏亭が目をぎょろつかせる。

「ああ、すまない。ちょっとばかり順序がおかしくなってしまった。これは、あとで触れさせてくれ」

「ためになる話は聞けたのかな」知らぬ世界の話なので、これには杢太郎も興味がある。

「それが、残念ながらほとんど話ができなくてね」茂が頭を掻いた。

訪問してしばらくすると、出産を控えていた兼済の妻の亮子（りょうこ）が陣痛を訴えたのだという。

茂によると、誠実そうな人柄の夫人であった。

陣痛が来ているさなかだというのに、こういう事情になってしまったので申し訳ない、とわざわざ学生の茂にまで頭を下げに来たそうだ。

「それで、お産婆さんが呼ばれることになった」

「産婆？　それだけの家なら、産科医へ行きそうなものだが……」萬里が首を傾げる。

「亮子夫人の希望らしい。新しい産科医よりは、昔ながらの産婆を頼るほうが安心だとね。これは兼済氏から聞いたんだが、なんでも、結婚してから十年、やっと授かった子供だったのだとか。念には念を入れたい、ということだね。まあ、そんなわけだから——」

出産とあれば、茂としても帰らざるをえない。

幸い、主人の兼済はまた訪ねてきてよいと許可を出してくれた。そこで帰ろうとしたものの、にわかに家がせわしくなってきたので、なかなか席を立てそうな瞬間がない。

そこに、つるという名の産婆が大きな鞄を手にやってきた。

まだ陣痛がはじまったばかりなので、とりあえず客間に通されたようだ。これも社会勉強と、茂は鞄のなかを見せてもらった。中身は聴診器やへその緒を切る鋏のほか、消毒綿など。

「血圧計がほしいのに、いまは輸入に頼るしかないらしくて、だからとても買えないとこぼしていたよ」

「ふむ。産婆さんの世界も、割合に先進的なんだな」李太郎は感心して口にする。

「それから妙な客も来た」

「妙とは？」

「平山伝三郎という男だ。噂を聞きつけて、招かれてもいないのにやってきたようだ。池田家とは親戚関係にあるのだけれど、没落華族の身なのだとか。あまり歓迎されていないらしいのは、兼済の顔つきから察せられた」

その兼済が、今度は外務省から電話で呼び出しを受ける。

「家に電話があるのか」と驚いたのは隣の幹彦だ。

「仕事が仕事だからね。電話は欠かせないと言っていた」

休日ではあったが、急な仕事が入り、登省しなければならなくなったそうだ。兼済としては気が気ではなかったろうが、これを受け、茂とともに屋敷をあとにした。

「なんだかわからなくなってきたな」

柏亭が少し俯き、目頭のあたりを触れた。

「結局、屋敷には誰が残ったんだ？」

「まず出産を控えた亮子夫人。産婆のつる。家の女中は、確か、せんという名だった。それから、いましがた話した伝三郎。あとは、ずっと病でひきこもっているようだが、兼済の弟で、末徳（すえとく）というのが一人。逆に屋敷を離れたのが、主人の兼済と、それからぼくだ」

「そいつは確かにせわしいね」柏亭が苦笑を覗かせた。

「そうなんだよ」

茂は無表情に応えて、

「でも、本当の問題はそのあとに起きた。後日、また池田家を訪ねてみようと葉書を出してみたのだけれど、返事がない。忙しい身とはいえ、兼済という人はこういうものを無視するとも思えなかった。それで妙に思い、与謝野先生に事情を話して様子を窺ってみた。すると、どうやら屋敷で事件があったらしいとわかった。これがまた、口にするのも躊躇われるんだが……」

兼済が外務省での仕事を終えて、帰宅したときだ。時間は深夜を過ぎ、出産を終えた亮子夫人はすでに寝室で眠っていたという。

その横には、生まれたばかりの赤ん坊がいるはずだった。ところが――。

「赤ん坊は亡くなっていた。それも、絞殺されたような跡があったということだ。それだけじゃない。恐ろしいことに、臀部の肉が切り取られ、目玉がくり貫かれていたというんだ。とはいえ、華族で外交官という立場上、おおやけにはせず、内々で片づけたのだとか」

これには一同も黙りこんでしまった。

まさか、話が猟奇事件に発展するとは思いもしなかったからだ。しかもいまこの時代、臀肉と目玉と言えば、誰もが思い浮かべる事件がある。

「男三郎事件だね」

皆、いっせいに声の主を向く。羽織姿の白秋が、どこか物憂げに戸口に寄りかかっていた。

三

野口男三郎事件。

七年前の明治三十五年、東京の麴町で起きた猟奇事件に端を発するものだ。麴町に住む十一歳の少年が、ある夜、鼻と口とを押さえられて窒息させられた。問題は、その亡骸である。その臀部が長さ六寸、幅四寸半にわたって切り取られ、加えて、無残にも両目がくり貫かれていたというのだ。新聞はさっそくこの事件を報じ、以降、さまざまな憶測を呼び起こした。

ところで、この事件はあわや迷宮入りしかかった。

それがまた動き出したのは、三年後のことであった。同じく麴町に住む薬店主が山林で殺害され、三百五十円を奪い去られる事件が起きた。このとき、容疑者として逮捕されたのが野口男三郎。もっとも、この時期はバルチック艦隊壊滅のニュースに日本が沸き立っていたころと重なり、事件が耳目を集めることはなかった。

これが全国的なセンセーションに変わったのが、約一ヵ月後のこと。

男三郎が、新たに二つの殺人事件の容疑者として追訴されたからだ。

その一つが、漢詩壇の奇才とされた野口寧斎（ねいさい）の殺害容疑。これは、李太郎らともまったく無縁とは言えない。寧斎は、鷗外の批評などでも名の知れた人物であったからだ。

そしてもう一つが、先の臀肉切り取り事件。

男三郎は帝都の話題をさらうとともに、その美貌をもって皆の一層の関心を掻き立てた。

その後に浮かび上がってきた一連の事件の背景は、このようなものであった。まず、男三郎は寧斎の妹、曾恵（そえ）に心を奪われ、やがて深い仲となるとともに、野口家の信用を得て、家に入りこむことに成功した。これが、明治三十四年のことである。

しかし、曾恵やその母が男三郎を信用したのに対し、寧斎は男三郎のうちになんらかの軽薄さを見出し、心を許そうとしなかったようだ。そこで、男三郎は寧斎の関心をひこうと試みた。

その手段として彼が選んだのが、寧斎の患っていた癩（らい）の治療であった。

男三郎は図書館に通って癩の治療法を探り、やがて人肉が特効薬だとする俗説を信じるようになる。かくして起きたのが、少年の臀肉切り取り事件であった。男三郎はこの肉をスープにして、寧斎に飲ませたというのである。

それでも、やはり寧斎は男三郎に心を開こうとはしない。

また、無為徒食の身とあり、男三郎としても野口家に居づらくなってきた。

そこで、男三郎は従軍すると偽って野口家を離れた。その後は、とある神奈川の旧家を訪ね、参謀本部通訳官を名乗り、言葉巧みにそこに寄宿した。あげくには、その家の娘や母親と情交を重ねるようになった。これが、男三郎の〝従軍〟の実態であったようだ。

そのうちに、男三郎は曾恵が懐妊したと知り、野口家へと戻る。

寧斎は二人の結婚こそ許したものの、条件として、従軍か就職かを男三郎に突きつけた。ここで、男三郎は寧斎の殺害を決意し、そして実行する。ところが、寧斎殺害後も、男三郎を受け入れたがらない野口家の親族が、曾恵との離縁を迫ってくるので、どうにも居づらくて仕方ない。

そこに、清国の日本語学校教師に就けそうだという話が舞いこんでくる。

男三郎は渡りに船で話に飛びついたものの、渡航するための資金がない。

かくして、薬店主を殺害し、金を奪ったということであった。

大審院法廷の判決は、少年殺しと寧斎殺しについては、証拠不十分につき無罪。薬店主殺しにつき、死刑。かくして、明治四十一年、男三郎の刑は執行された。

したがって、疑わしきは罰せずの精神を貫くなら、臀肉事件と寧斎殺害について彼は無実ということだ。しかしここまでの話は男三郎の自供でもあり、世間ではすっかり、すべてが男三郎の仕業になっていた。

——以上が、明治の世を騒がせた男三郎事件の、おおよそのあらましである。

「まさか、男三郎事件の再来とはね」

一時間ほども遅れて到着しながら、白秋は悪びれもせず話に入り、和室の入口付近、杢太郎の二つ隣に腰を下ろすと日本酒の燗を頼んだ。

「なんとも面妖な話じゃないか。さあ、茂君、つづきを話してくれたまえよ」

ろくに背景も知らぬくせして、そんなことを言う。

茂は面食らった様子だったが、開き直ったのか、何事もなかったように話をつづけた。

「ぼくがその屋敷を訪ねた、まさにその晩にあった事件だというから、自分自身、この一件が気になってね。もう一度葉書を送ってみたところ、理解を得られた」

兼済からの返答は、このようなもの。

——やっと授かった子供だった。内々に処理したものの、忸怩(じくじ)たるものがある。

——もし気がついたことなどがあれば、ぜひとも教えてほしい。

「そんなわけで、改めて屋敷の住人に話を聞かせてもらうことができた」

とはいえ——、と茂が居心地悪そうに、もぞもぞと身体を動かした。

「いったい、何をどこから話したものかな」

「とりあえず、事件のあった日の出来事を順繰りに話してみるのは？」

見かねた杢太郎が提案すると、

「そうだね。少し時間をもらえるかな」

と、しばらくのあいだ茂が目をつむった。頭のなかで、その日のことを再構成し、整理しているのだろう。

やがて茂は納得したように軽く頷き、ぐるりと一同を見回した。

「順に話すよ。冗長なところもあるかもしれないが、そこは勘弁してくれ。まず、ぼくが屋敷を訪ねたのが十一時。この段階で屋敷にいたのは、主人の兼済、妻の亮子、弟の末徳、そして女中のせんだ。外交官としての兼済の話を聞きたかったんだけれど、屋敷を見せてもらったりしたものだから、それはほとんどできなかった。亮子の陣痛がはじまったのが、ほぼ正午」

これで、にわかに慌ただしくなったという。

茂は帰らなければと思ったが、皆が駆け回るなかそうと言い出せず、客間に留まった。

「すぐに産婆のつるがやってきて、これが、昼の十二時半ごろだったかな。慌てて、せんが湯を沸かそうとするのを、つるは止めた」

――落ち着きなさいな。陣痛がはじまったのは、昼。出産はまだ先のことだよ。

――そうなのですか。

――まあ、深夜になるだろうね。初産だから時間もかかる。いまのうちに休んでおきな。

「だいたい、こんなようなやりとりがあった。それから、地獄耳の平山伝三郎だ。陣中見舞いだとかなんとか、つまらぬことを言いながらやってきたな。これが、一時ごろだ」

伝三郎は手ぶらの着流し姿。

彼が兼済の親族であることや、家が傾きよそへ移ったことなどは、このとき聞かされた。

「客間に、ぼくとつる、伝三郎が集まった形になる。ちなみに客間は洋風で、伝三郎はものほしげに棚のウイスキーにちらちら目をやっていた。ほぼ同時に、外務省から兼済に呼び出しの電話があった。こうして、ぼくは兼済とともに家を出た。さてと。問題は、ここから先だね」

まず、伝三郎はずっと客間にいたらしい。

これは、せんが証言したことでもあり、伝三郎を警戒した兼済が、なるべくあいつを客間から出すなと言いつけたからであった。せんはせんで、何か屋敷から盗まれでもしないかと考え、伝三郎を見張っていたようだ。

したがって、ときおり厠(かわや)などへ行くほか、伝三郎はずっと客間にいたことになる。

同じことは弟の末徳にも言える。病気で、ずっと部屋にひきこもっていたからだ。

「この末徳というのは、池田家においてはどうも忘れられたような、影の薄い存在に感じられた。ただ、亮子夫人は同情し、気にかけていたみたいだな。そうこうして、本格的な出産がはじまった。これは、最初の陣痛からだいぶ時間が過ぎてから。午後十一時ごろだ」

出産は兼済と亮子の寝室でなされた。

せんも手伝おうとしたが、

——恥ずかしいから、外で待っていてくださるかしら。

と亮子に頼まれてしまい、やむなく、ときおり盥（たらい）を持っていくなどのほかは、外で待機させられることになった。客間を覗くと、伝三郎は勝手に棚のウイスキーを開け、いつの間にかソファで眠りこけていた。

出産が終わったのが、日をまたいだ午前一時。

つるは赤子を産湯に浸からせ、母親や子供の急変などに備え、二時間ほどその場に留まった。やがて亮子が眠りについたところで、つるはもう大丈夫であろうと判断した。

——わたしはいったん帰るけど、もし何かあったらすぐに呼び出して頂戴ね。

せんにそう言づけると、午前三時ごろ、つるは屋敷をあとにした。このときちょうど、外務省での仕事を片づけた兼済が俥で高輪の屋敷に帰ってくる。

「屋敷の外で、つると鉢あわせになったそうだ」

——どうだったか。

——可愛らしい息子さんでしたよ。あとで見てやってくださいね。

「兼済によると、そんなやりとりがあったらしい。せんが兼済を迎え、用意しておいた簡単な夜食を茶の間で出した。ちなみに茶の間へ向かう途中、兼済はいびきの音を耳にして客間を覗いた。寝ていたのは伝三郎。すっかり空になったウイスキーのボトルを見て、閉口したようだ」

それから夜食を済ませ、時計を見たらすでに午前四時ごろとなっていた。せんを労い、兼済は休むようにと言う。

「寝室に戻ったところで、眠る妻を横目に、兼済は子供の顔を一目見ようとした。でも、このときにはもう――」

赤子は殺され、そして臀肉を切り取られ、目をくり貫かれていたということだ。兼済はすぐに女中のせんを呼び、それから遺体の状態が夫人の目に触れぬよう、布でくるんだ。

「まさしく男三郎事件だね」

軽くため息をついて、柏亭が肘をついた。

「しかし、なんだか妙だな。こうなると、犯行が可能な瞬間はかなり限られていて、そして誰にも動機のようなものが見当たらない。何か、ほかに情報はないのか？」

うん、と茂が応えて、それから悩ましそうにこめかみのあたりを押した。

「つるは池田家で大金を受け取り、雲隠れしたそうだ。これは、つると同居していた妹一家に確認を取ったから確かだと言える。つるはいったん帰宅したものの、札束を取り出すとその半分を家族に渡し、すぐにどこかへ消えたそうだ。その額は、とても産婆の報酬とは思えないほどだったとか」

四

「まいったね」

いったん腕を組んで、杢太郎は中空を仰ぎ見た。

どうも今回は複雑だ。しかも酒が入ってしまったものだから、なかなか全体像がまとまってこない。

「ぼくは下戸に近いからね。こんなとき鼎君や勇君だったらまったく平気なんだろうが」

「でもあの二人は役に立たない」

さりげなく、柏亭が辛辣なことを言う。

このとき厨房からあやのに声がかかった。欧風カツレツなるものができあがったようだ。あやのがいったん厨房に消え、それから器用に六枚の皿を手に現れ、皆に配膳した。

ふわりと、油の香りとともに肉が焼けたときの匂いが漂う。

しかし、このカツレツはなんだろうか。大きく、薄い草鞋のようになった肉が揚げられている。添えものは、キャベツの千切りだ。

試みにフォークで押さえてナイフを入れてみると、すっと切れた。口に入れてみると、確かにうまい。杢太郎が知るよその厚いポークカツレツと違った、また別の味わいがある。

「これは……丸揚げではなくて、揚げ焼きにしたものだね？」

「当店のコックが、手探りで再現してみたものだそうです。なんでも、向こうではこうして薄く伸ばした肉を揚げ焼きにすることがあるようでして。ただ、添えものがわかりませんでしたので、巷のポークカツレツと同じように、キャベツといたしました」

「なんとまあ」

萬里はそれだけ言うと、二口目、三口目と口に放りこんでいく。

「うん、うまいよこれは」

カツレツはおおむね好評で、「油にバターを加えているね。その風味があるんだ」と白秋が言うと、「それよりこの大きさだよ。得した気分になる」などと柏亭が応える。ところが配膳したあやのは、料理の感想よりも聞きたいことがある様子で、戸口の向こうからじっと一同を見守っている。

向かいの柏亭もそれに気づいたようで、「まいったね」と首のうしろを撫でた。

「では、とりあえず最大の謎から考えてみるとしようか」

「遺体の状態だね？」杢太郎が問うと、すぐに頷きが返った。

「なぜ、肉の一部が切り取られなどしていたか。いや、ううむ……。なあ、この話なんだけれども、せっかくのカツレツを味わってからにしないか」

「ぜひとも、いまお聞かせ願います」

明らかに仕事を忘れた様子で、あやのがまっすぐに柏亭を向いた。

柏亭が机上の皿を見て、それからあやのを見て、観念したように話に戻る。

「まずは正攻法で行くぞ。つまり、肉が持ち去られたのは、病を治療するためだ」

「あれはまったくの迷信だぞ」

なかば反射的に、杢太郎は異を唱えた。

「それも、感染力の弱い伝染病だ。隔離だって、はたして必要なものなのか……」

「誰もがきみのような医学生じゃないということだ」

これには萬里が応じた。

「どうあれ、人々はあの病を恐れ、業病とまで呼んでいる。かくいうぼくだって怖いさ。迷信を頼ってしまうのは、現状で治る見こみがないからだろう。そういう、人の心というやつがある」

「そういえば、スープを作った男三郎の話も、巷ではすっかり美談扱いらしいな」

やや苛立たしげに、茂が話をついだ。

「そのために少年を殺すのでは、人の心も何もあったものではないだろうに」

「それでも、人々はこの逸話に美を見出した。美は、倫理を超えるということだね」

二つ隣の白秋が、涼しげな顔で猪口を傾けた。

「だとして、病に罹（かか）っていたのは誰なんだ？」かねてよりの疑問を、杢太郎は口にする。

「まず連想されるのは、兼済の弟の末徳だよね」

おずおずといった調子で、幹彦が切り出した。

「病にかかり、ひきこもっているという話だから、一応は符合する。もしそうならば、あまり人前に姿を現しづらい病であるし、立場のある池田家としては、隠しておきたかったかもしれない」

「その末徳を気にかけていた人がいたな」

思い出そうとするように、萬里が、とん、とん、と指先で座敷机を叩いた。

「そうだ。亮子夫人。しかし、義理の弟のために、我が子を殺めるのでは割にあわないな。

まあ、ほかに末徳を気にかけていた人間がいなかったとも限らないが」

「いずれにしたって、割にあわないことには違いない」と、これは柏亭だ。

「ほかに、あの病に罹っていた人間がいた可能性はいくらでもある」

杢太郎は姿勢を崩し、軽く首を鳴らした。

「たとえば、つるの家族だ。あるいは、話には出なかったが、せんや伝三郎にも家族はいただろう。どこに病人がいたっておかしくはない。しかし、自分が疑われかねない状況で、赤ん坊を殺す理由はないだろう。肉が必要なら、極端な話、麹町で少年の一人でも襲えばそれで済むんだ」

「麹町でね」すかさず、白秋が混ぜっ返しにきた。

「それは言わんでくれよ。どうも、男三郎の事件にひっぱられてしまったな。いずれにせよ、治療目的であったとする説は、なんであれ決め手に欠く。だから、遺体が損傷させられたことには、別の理由があるのではないか。たとえば――」

「あれか」

例を挙げようとしたところで、白秋が割って入ってきた。

人が話しているのにと思ったが、とりあえず静観し、彼の説を聞いてみることにする。

「模倣の美というものがある。つまりこの場合、下手人は男三郎事件を真似ることそれ自体が目的だったということになるね。理由は単純。そのほうが、美しいと思えるからだ」

白秋から離れるように、幹彦が一寸ほど身体をこちらに寄せてきた。まったく白秋らしいと言えばそうだが、とりあえず、この説の支持者はいないようだ。

杢太郎は咳払いをして、「たとえば」と先ほどの話をつづけた。

「外部犯に見せかけるため」

「うん？」

萬里が斜向かいで語尾を上げた。

「つまり、どういうことだ？」

「その日池田家にいた人物には、いまのところ、わざわざ赤子の肉を切り取るような理由は見当たらない。そうすると現場の状況は、男三郎のような猟奇犯が外部にいて、その誰かが忍びこんで凶行を働いたように見えるわけだ。でも、これが作為であったならばどうだ？」

「つまり――」

茂が口を開きかけ、それから喉の渇きを感じたのか、ウイスキーのグラスを傾けた。

「きみは、屋敷にいた誰かが犯行に及んだと言うのだね」

「あくまで説の一つと思ってほしい。とはいえ、実際に外部犯がいたとして、犯行が可能な時間が短いのも確かなんだ。産婆のつるが帰ってから、兼済が寝室に入るまでだからね。ただ、内部の人間が手を下したとしても、そんな凶行に及びそうな者がいるかどうか」

「伝三郎」

これには幹彦が即答した。

「彼は没落華族だ。そして、池田家の親族でもある。であれば、池田家の財産を頼りにしていた可能性が考えられる。しかも、池田家には長年跡取りができなかった。すると伝三郎としては、そのままであってほしかったはずだ。ところが、そこに亮子夫人が懐妊したとなるとどうだろう？　陣中見舞いだかなんだか知らないが、まさに出産というときに押しかけてくること自体がおかしい」

「妥当な線かもしれないな」と柏亭。

「一応だが、兼済も疑っておくか」

かぶせるように、萬里が別の名を挙げた。

「あくまでいま聞いた限りにおいてだが、兼済からは生真面目な理性型の人物という印象を受ける。他方、弟の末徳は病に冒されている。もしそれが、本当にあの病気ならば……。李太郎君はあれは伝染病だと言ったけれど、いまだ大勢が、あれを遺伝病だと信じている。そして、兼済は名のある家の、外交官という立場だ。そう考えると……」

萬里は言い淀んだが、李太郎にはその先がわかった。確かに、いまだ人々は迷信深い。そのことは、避けられない事実なのだ。

李太郎は萬里のかわりに、彼が言おうとしただろうことを口にした。

「遺伝病の血統を断つために、みずからが手を下して子を殺めたと？」

「いささか牽強付会かな」

兼済は真実を知りたい思いから、茂に調査まで許したという話だ。心証としては、それは事実その通りであったのではないかと感じられる。

が、やはりまったく検討しないわけにもいかない。

「いや……。現実に、家族に病人が出たから、あえて子を作らぬという家はたくさんあるんだ。萬里君の説は、ないとは言い切れないものだよ」

ここでふいに湧き上がってくるものがあり、杢太郎は語気を強めた。

「だからこそ、あの菌を培養し、治療法を確立し、決して怖い病ではないのだと世に広めていかなければならないんだが」

ここまで話したところで、遠くに坐した茂と目があった。何か言いたげな様子が気になったが、その口が開かれるより前に、幹彦が新たな名を持ち出した。

「当の末徳はどうだろう？」

そう短く言ってから、幹彦が周囲を見回した。

「どんな病かはわからない。しかし、いずれにせよ部屋にひきこもることを余儀なくされて、いわば社会的な死者のような状況に置かれているわけだろう。ぼくなら、この世界そのものを呪うね。さて。かたや、そんな人物がいたとする。かたや、望まれて生まれてくる子がいた。それも、同じ家のなかでのことだ。そうすると、末徳は、その子のことをどう感じただろう？」

思いがけず発せられた重い問いかけに、皆も口を閉ざす。

ここまでの話に、末徳の人格を示唆するものはない。が、もしかしたら新たな命を憎いと思う気持ちはあったかもしれない。我知らず、李太郎はうなってしまった。

ただ、この説は予期せぬ形で否定された。

「申し訳ない」

と、茂が突然皆に謝ったのだ。

「どうにも憚られることだから、言い出せずにいたんだが……。とりあえず、幹彦君の説はなさそうなんだ。というのも、ぼくはさっき、屋敷で嫌なものを見たと言ったろう。それなんだが――」

「おおかた座敷牢でもあったんだろう」

さして興味もなさそうに、白秋が徳利を傾けた。

「違うかい？」

「いや――」

茂は驚かされた様子で、おそらく無意識に、額のあたりを拭う。

この反応を見て、杢太郎も白秋がずばり真実を言い当てたのだとわかった。全体、この友人の頭のなかはどうなっているのか。

しばしの間を置いて、いや、ともう一度茂が口にした。

「この話が出たころ、きみはそもそもこの場にもいなかったじゃないか」

そんなことかというように、白秋が猪口を手に横顔をこちらに向けた。

「末徳犯人説は、それなりに説得力のあるものだった。でも、茂君はそれだけはないと確信していたね。ということは、末徳は犯行に及べないような、はっきりした、それこそ目に見える障壁があったということさ。この場合は、牢だね。お偉い家なんて、どこもそんなもんだろう」

「まいったね」

茂が天井を仰ぎ、ゆっくりと嘆息した。

「それからそう、末徳の病は、実際にきみたちが疑っていたものだったそうだよ。癩だ。せんと兼済、その両方に確認したから確かだろう。ただ、事件のこともそうだが、本当にここだけの話とさせてほしい。こんなことは、言いたくはないんだが……」

「わかってるとも」

そう応じて、白秋が一気に酒を呷った。

「でも、困ったものだな。今回の話は、どうもいろいろとこみ入っている。なんでもありえそうなわりに、出てくる説はことごとくがぼんやりとしたものだ。そういえば、つるという産婆が金をもらって消えたとかいう話もあったな。あれはどう見る？」

「少なくとも、なんらかの形でかかわっていることには違いないだろう」

柏亭が白秋の問いをひきついで、

「まず考えられるのは、報酬。これは、つる自身が依頼されて手を下した場合かな。もう一つが、口止め料。たとえば池田家で何かがあって、そしてそれを見なかったことにするようにと頼まれた」

「うん、つるが一番怪しい。ならば、つるは一番怪しくないということだね」と白秋。

「なんだい、その理屈は」

「詩的直感と呼んでくれたまえよ」渋面を浮かべる柏亭に、白秋が戯けた返事をする。

「ぼくもちょっといいか」

幹彦が軽く挙手をして、発言を求めた。

「杢太郎君は、外部犯を匂わせるために、男三郎事件が模倣されたのではないかと言っていたよね」

「事件は去年の六月中旬。それなら、もっとふさわしい事件があるじゃないか」

そうか、とこれには李太郎も膝を打つ。

「大久保臀肉斬取事件だね」

「そう。女性が通り魔に襲われ、臀肉を切り取られた。報道があったのは、確か……」

「去年の六月九日」

李太郎は即答してから、考えるときの癖で、顎のあたりを覆った。

「つまり、猟奇犯を模倣するというのなら、もっと時宜を得た、それらしい事件があったということになるね。ところが、今回の犯行ではあえて大久保の事件を模さず――」

男三郎事件のように、遺体の目までがくり貫かれた。

「であれば、何かそうする必要があったと見るのが妥当かもしれないな。だとしても、それはなぜか。誰か、この行為に納得の行く理由はつけられないか？」

答えはなかった。

加えて、白秋の言う通り、どんな説を出しても何かぼんやりと発散してしまう。若干、疲れたような重苦しい雰囲気が垂れこめていた。柏亭と目配せしあったが、お互い、新説もなさそうだ。

ふむ、と白秋が場を見回して、とんと猪口を置いた。

「どうだろう。そろそろ、あやのさんの出番ではないのかな」

初参加組は、この白秋の言に戸惑いの色を見せたが、もとより、あやのは杢太郎がわざわざ呼び止めて一部始終を聞かせた相手でもある。何か察するものでもあったのか、特に異論が出ることはなかった。

「承知いたしました。それでは、わたしからも一言よろしゅうございますか」

あやのの口上に対して、うやうやしく、白秋が手のひらを上に向けた。

「もちろんだとも。ぜひ、聞かせてくれたまえよ」

「はい。まず、男三郎のような人物ですが、確かに、そこにいたのであると考えます」

五

男三郎はいた――。

あやのの真意がわからず、はてと杢太郎は考えこんだ。隣の幹彦も、どうもわからぬというように頭を掻きむしっている。

「するとなんだ。きみは、外部からそういう猟奇犯が侵入したというのかい」

「そうは申しません」

立ったまま、あやのが幹彦に微笑みを返した。

「先ほど、いろいろとこみ入っていると白秋様がおっしゃいました。この話には、確かにそういう面がございます。ですが、筋道を辿ってみますと、真相は存外に単純なものかもわかりません。まず、外部犯であったという可能性ですが――」

天に向けて、あやのが右手の指を一本立てる。

「これは杢太郎様のおっしゃる通り、つる様が帰宅してから兼済様が寝室に入る、そのわずかな時間しかなく、かなり困難でありましょう。さらにつけ加えますなら、どういう理由で赤子を殺めるにせよ、亮子様が眠っているのを起こさぬよう、その場でわざわざ犯行に及ぶのは不可解です。それならば、一度赤子をつれ去って、それから手にかけるのが道理と存じます」

次にですが――、とあやのが二本目の指を立てた。

「もっとも犯行の機会に恵まれていたのは、ほかならぬ母親の亮子様です。しかしながら、長年子供ができなかった上での、念願の第一子です。それも、名のある家でのこと。さぞ肩身が狭く、そして子を授かることを願っていたのではないでしょうか。仮に末徳様を案じて臀肉のスープを作ろうとしたとしても、麹町あたりで別の被害者を物色するのが自然です。

そうでなくとも、出産直後で歩くことも難しい。それに、どのみち亮子様には肉の隠し場所がないのです」

　三本目の指が立てられる。

「それでは、兼済様はいかがでしょうか。確かに、業病という迷信に囚われ、そして血統を残さないようにする者は、残念ながらいまもおります。ですが問題の晩、兼済様はご遺体を発見して、すぐにせん様を呼んでいます。肉を切り取ればそれなりの返り血などを浴び、その様子を目撃されてしまうことでしょう。血を洗ったり、着替えたりする余裕はありませんでした」

「ふうむ」

　李太郎はあやのを見上げたまま鼻を鳴らした。

「これは、消去法というやつだね」

「左様でございます」

　あやのが頷き、それから四本目、右手の小指が立てられた。

「では、兼済様の弟、末徳様はいかがでしょうか。問題はやはり、牢に入れられていたらしいことです。鍵を開けられそうなのは、当主の兼済様や、それから亮子夫人、せん様あたりでしょうか。ですが、誰かと交渉して鍵を開けてもらうにせよ、末徳様には差し出せる取引材料がないのです。それに寝室に入れば、長く牢に閉じこめられた、その独特の臭気を残してしまいます」

最後まで曲げていた親指を、あやのが広げた。五人目だ。

「では、せん様はいかがでしょうか。池田家のことにも詳しく、犯行に及ぶ機会はありました。しかしながら、動機らしい動機がありません。仮にあったとしても、犯行が可能となる時間帯は、つる様が帰宅してから、兼済様がご遺体を発見するまでのわずかな期間で、いつ兼済様が我が子を見に来ないとも限りません。疲れた兼済様が眠ってからのほうが、よほど理にかなっております。……と、指が足りなくなってしまいましたね」

そう言って、あやのは広げたばかりの親指を折った。

「六人目。なんと申しましょうか、あからさまに怪しいのが伝三郎様です。犯行のあったころには眠っていたということですが、狸寝入りということも考えられます。そしてまた、動機が財産であり、肉を切り取ったのが外部の犯行に見せかけるためだといたしますなら、伝三郎様の場合、切り取った肉を簡単に隠すことができます」

「隠せる？　どうやってだ？」怪訝そうに、柏亭が片眉をひそめた。

「食べてしまえばいいのです」

こともなげに言い放ったあと、柏亭がそっと身をひくのを見て、あやのが咳払いをした。

「ですが、伝三郎様には肉を切り取る刃物がありません。手ぶらの着流し姿で来た以上、お屋敷で刃物を調達する必要があります。しかし、せん様の目があって客間を離れることができないのです」

「出産で忙しくなった夜半、土間に忍びこめば？」念のため、李太郎は問いただしてみる。

「茂様はこうおっしゃいました。客間や書斎、寝室に電灯はあったと。逆に申しますなら、夜半の土間は真っ暗であったということです。家の者であれば、刃物も簡単に探し出せましょうが、伝三郎様にはそれができないのです。屋敷にランプなどはあったでしょうが、そんなものを点けて土間に入れば目立って仕方ありません」

さて――、とあやのが人差し指を折った。

「最後につる様。つる様には、亮子様と同じくらい犯行の機会があり、また刃物も持っておりました。確か、〝聴診器やへその緒を切る鋏のほか、消毒綿など〟でしたか。しかしながら、池田家はつる様の客で、その客の子を殺めるというのもおかしな話です。行方をくらませたのは確かに怪しいですが、同時に、池田家で大金を受け取ってもいる」

「池田家の誰かから、犯行を頼まれたと見ることはできないかな」幹彦が疑問を口にする。

「事件とかかわりがあるのは確かでしょう。しかし、実際に手を下したのかと考えると疑問が生じます。なぜ妹家族に金の半分を渡し、そして口止めもしなかったのか。そのせいで、わたしたちはつる様を疑っております。これは、妙な話とは言えないでしょうか」

「なんだい、誰もいなくなっちまったぞ」

ぼやくように萬里がつぶやき、おのずと、皆の目が最後の関係者である茂に向けられた。

頭の回転の速い茂も、さすがにこれには困惑し、二度、三度と目をぱちくりさせる。

「あの、わかってると思うけれど――」

「申し上げるまでもなく、茂様でもございません。しかしながら、これで関係者全員が消去されてしまいました。したがいまして、まず出発点に立ち返ってみたく存じます。すなわち、なぜ遺体の肉が切り取られ、目をくり貫かれるといった、おぞましい仕打ちがなされたのか。まず、薬効を期待して肉が持ち去られたということはないと考えます」

「なぜ？」とこれは柏亭だ。

「この犯行には男三郎事件と決定的な差があります。すなわち、これが出産の現場であったということなのです」

あやのが何を言わんとしているのかわからず、柏亭と目を見あわせた。

これはほかの皆もそうであったようで、一様に小首を傾げたりなどしている。

「おわかりになりませんか。出産の現場には、胎盤やへその緒があるではありませんか。あえて命を奪い、そして肉を切り取る必要などないのです。……それから、杢太郎様のおっしゃっていた、外部犯に思わせるために男三郎事件を模倣したという説ですが」

「ああ。すっかり論破されてしまったようだがね」

「しかしながら、皆様はここで大切なことをおっしゃいました。つまり、すでにある事件を模倣するならば、大久保臀肉斬取事件でいい。それを模さずに、男三郎事件のように目までくり貫いたことには、そうする必要があったのではないかと」

「きみはそれを説明できるというのかな」

「おそらくは」

短く答えてから、あやのが憐れみでもするように両目を細めた。

「……今回の赤ん坊は、残念ながら、どうあっても亡くなる運命にあったのです」

「どういうことだ？」

李太郎が問いかけたあとも、しばし、あやのは何も言わなかった。

考えを整理しているのか、ちらちらと瞳が中空を泳ぐ。

「わたしといたしましても、あまり、こういうことは詮索したくはないのですが……。そもそも、なぜご夫妻には十年にもわたって子供ができなかったのか。そして、なぜいまになって夫人が懐妊したのか。これは、ご主人の兼済様に不妊の原因があったと見ることはできませんか」

ずだ。

男三郎が従軍すると偽って、野口家を離れたときのことだ。確か、こんな逸話があったは

「なるほど、これは口に出しづらいね。つまりきみは、父親が別にいると言いたいのか。あ

あ……だから、男三郎のような人物がいたと……」

口にしたきり、杢太郎もしばらく固まってしまった。

「すると――」

――とある神奈川の旧家を訪ね、参謀本部通訳官を名乗り、言葉巧みにそこに寄宿した。

――あげくには、その家の娘や母親と情交を重ねるようになった。

「でも、そうだとして、父親は誰なのだろう?」

「お屋敷には〝欧州人なんかがしばしば訪れたり泊まったりする〟そうですね。ですから、

この欧州人の一人ではないかと存じます」

「なぜかな」

「二十五年ほど前、帝大に招かれたドイツ人の先生がある発見をしたそうですね。わたした

ち黄色人種にかかわるもので、なんでも、モンゴリアン・スポットとかいう……」

「蒙古斑か!」

すかさず、茂がこれに反応した。

「そうか、そういうことだったのか」

「いましがた、わたしはある人物について、動機の面から消去を試みました。ですがそれは、子供が兼済様との子だという前提があってのこと。もし、これが違っていたとしましたらいかがでしょう。子を育てはじめれば、その顔立ちから兼済様は事情を察してしまいます」

ですから、とあやのがつづける。

「亮子様はお産の現場で、出産直後に赤子を殺める計画を立てたのではないでしょうか。ところが、動顚（どうてん）していたからか、あるいは初産のために想像が及ばなかったのか、本来なら想定できたはずのことができなかった。つまり、赤子には蒙古斑がなく――」

「そして、瞳の色が青かったというわけか」

李太郎がその先をひきついだ。

「父親が青い目だとしても、成長すれば瞳は我々と同じ茶色になるのがほとんどだ。が、新生児のときに、青い目が出てしまうことが多いと聞く。だから、それを隠す必要があった」

「窮余の策が、男三郎事件を模倣することです。用いられた刃物は、つる様の鋏でありましょう。切り取られた肉や目は、つる様が大きな鞄に入れて持ち去った。つる様が早々に現場をあとにしたのも、大金を握らされたのも、このためと考えれば腑に落ちます。姿を消したのは、追及されると困るので、しばらくほとぼりが冷めるのを待ったといったところでしょうか。いまごろは、念願の海外製の血圧計を買っているころかもしれません」

李太郎は親指で顎を押さえ、あやのの話を反芻してみた。

「せんがお産の現場に入れてもらえなかったのは、その計画があったためか」

「また、いかに地獄耳といえども、すぐに伝三郎様がやってくるのも妙なことです。これは、亮子様が人づてに呼び寄せたのではないでしょうか。つまり動機を持つ者を増やすために」

「伝三郎は、まったくの善意から駆けつけてきたというわけか。疑って悪かったな」

「待ってくれ」

と、茂が両の手のひらを皆に向けた。

「すまないね。立場上、正確に知っておきたいんだ。もしそうであるなら、どうしても疑問が生じる。つまり、こういうことなんだ。なぜ、夫人はこうなってしまう前に堕胎を試みなかったんだ？」

「試みて、そして失敗したのではないでしょうか」

「どうしてそう言えるんだ？」

「それを匂わせるのが、お屋敷の庭に咲いていたというホオズキです」

ゆっくりと、あやのがこちらに目を向けた。

「李太郎様、ホオズキの薬効についてご説明いただけますか」

「……鎮静作用。どうやら風邪にも効くらしいね。でもこの場合、問題となるのは根だ。子宮の緊縮作用を持つ物質が、多く含まれている。つまり、堕胎薬だね。でも夫人は専門ではないから、慌てて煮詰めるなどして、量の調整に失敗したのかもしれない」

この杢太郎の説明で、場がしんと静まった。

かちゃり、と誰かの食器の音がする。

「ぼくは、どうしたらいいんだろうな……」

悩ましげに、茂が口のなかでつぶやいた。

「ここまで聞かされてしまえば、一市民として見すごすわけにはいかない。だが兼済氏に伝えるのも酷だし、仮に告発でもすれば、短いながらも世話になった池田家には打撃となる。つるも産婆の仕事には戻れまい。夫人は夫人で、十年ものあいだ、肩身が狭かっただろうことを思うと……」

「このわずかな時間に、そこまで余所様に思いをいたせる茂様には感服いたします」

やや抑揚のない口調で、あやのがそう声をかけた。

「ですが恐れながら、茂様は、市民である前に学生です。学生の本分とは、将来に向け学ぶことでありましょう。聞かなかったことにして、難しい判断をやりすごせるというのも、学生の特権とは申せませんか。むろん、これはこれで考えかたの一つにすぎませんが」

長く、茂の口からため息が漏れた。

「ぼくは責任ある大人ではない。そういうことだね……」

茂の応答は、誰にも拾われることなく、宙に浮いたままとなった。

＊

二人、隅田川のほとりに肩を並べた。

川の水の匂いが、ふわりと包みこんでくる。李太郎は身を乗り出して水面を覗くが、すでに暗く、我が身が映ることはなかった。

少し遠くに、両国橋のシルエットがある。

「喫うか」

そう言って、隣の茂が煙草の箱を差し出してきた。輸入品の、両切りのものだ。李太郎が断ると、茂は「そうか」とだけ言って、自分も喫わず、そのまま懐に戻した。

ほかの皆は、すでに帰路についた。

李太郎も帰ろうとしたが、そのとき、うしろから茂に肩を叩かれた。それから、こうして二人で川辺に並んでいるというわけだ。

「ぼくは外交官になろうと思ってる」

やや暗い、けれども決意のこもった声で、茂がそう口にした。

「なんといっても、この国はまだ危うい。それを、ぼくは陰から支えるつもりだ」

「すると、詩はやめるということか」

答えはなかった。

かわりに、ゆっくりと茂は両眼を閉じた。開成中学時代に新詩社に入り、文学にのめりこんで浪人までしたという男のことだ。葛藤がなかろうはずはない。が、こうしてあえて話すからには、もう決めたことなのだろう。結局、「そうか」としか言えなかった。

会のなかで一度、茂がもの言いたげにこちらを見ていたことがあったのを思い出した。

「だから、きみも医学者になれ」

「なんだって?」

「ぼくとて、普段はこんなことは言わない。でも、杢太郎君の力強い言葉が頭を離れなかった。〝あの菌を培養し、治療法を確立し、決して怖い病ではないのだと世に広めていかなければならない〟――それを聞いて、どうにも思えてきてしまってね。きみには、きみの天命があるのだと」

答えられなかった。

あのとき、確信をこめてそう言ったのは事実だ。それでもやはり、詩や散文を捨てきれない。いまだに、鷗外先生から芸術をやれと迷いを断ち切ってほしいくらいなのだ。明治座での、紫紅の史劇が思い出された。いま、自分はどんな顔をしているのだろう？

脳内に、幻の鐘の音が響いた。

覚え書き

本文中に登場する癩とは、いまで言うハンセン病のことである。のちに医学者となった杢太郎は、ハンセン病への国の絶対隔離政策に対し、当時の最新医学の見地に立って真っ向から異を唱え、その研究に多くを費やした。現在、この功績が忘れられつつあるのは、氏があくまで治療法の確立を目指し、そして成功を見なかったことに由来する。ハンセン病の治療薬となるプロミンが現れたのは、杢太郎が世を去る、わずか二年前のことであった。また、明治期のスバル派詩人・栗山茂と、外交官・最高裁判事として名を残した栗山茂が同一人物であることは、思わぬことに、外務省発行の雑誌『外交』に寄せられたコラムから確証を得られた（専門家にとっては常識なのであろうが、この同定には骨を折った）。『外交』によると、茂は駐ベルギー大使時代にドイツの敗戦や日米開戦を予見し、日独伊三国同盟に反対し、それを一つのきっかけとして外務省を辞したとある。他方、『最高裁全裁判官』によると、陸軍と仏印政府の板挟みとなって退官したとある。論客として知られ、判事としては活発な個別意見を多く残したようだ。

主要参考文献

前回までの文献に加え、『ユマニテの人――木下杢太郎とハンセン病』成田稔、日本医事新報

社(2004)／『漱石全集　第十九巻』夏目金之助、岩波書店(1995)／『啄木全集　第十五巻』石川啄木、岩波書店(1961)／『東京文壇事始』巌谷大四、講談社(2004)／「戦争と平和、そしてマリコ」(『外交』Vol.24内記事)鈴木美勝、外務省(2014)／『最高裁全裁判官―人と判決―』野村二郎、三省堂(1986)／『日本の裁判史を読む事典』野村二郎、自由国民社(2004)／『日本現代詩大系第五巻』日夏耿之介、山宮允、矢野峰人、三好達治、中野重治、大岡信編、河出書房新社(1975)／「森鷗外と平野万里(一)――その交渉をめぐって――」(『明治大学教養論集41号――日本文学特集』内記事)八角真、明治大学和泉校舎内教養論集刊行会(1968)／『幻景の明治』前田愛、岩波書店(2006)／『事件で見る明治100話』中嶋繁雄、立風書房(1992)／『明治百年100大事件下』松本清張監修、三一書房(1968)／『〈物語〉日本近代殺人史』山崎哲、春秋社(2000)／『産婆物語――産小屋の女たち』島一春、健友館(1981)／『史劇十二曲』山崎紫紅、博文館(1909)

第四回

観覧車とイルミネーション

松高くして花を隠さず、枝の隙間に夜を照らす宵重なりて、雨も降り風も吹く。始めは一片と落ち、次には二片と散る。次には数ふるひまに只はらはらと散る。此間中は見るからに、万紅を大地に吹いて、吹かれたるものの地に届かざるうちに、梢から後を追うて落ちて来た。忙がしい吹雪は何時か尽きて、今は残る樹頭に嵐も漸収つた。星ならずして世を護る花の影は見えぬ。同時にイルミネーションは点いた。「あら」と糸子が云う。「夜の世界は昼の世界より美しい事」と藤尾が云ふ。

――『虞美人草』夏目漱石

登場人物

木下杢太郎……詩人、劇作家、のちの医学者
北原白秋……詩人、歌人
石井柏亭……洋画家、版画家
山本鼎……洋画家、版画家
長田幹彦……小説家
フリッツ・ルンプ……洋人、のちの日本文化研究者

事件関係者

小沼洋二郎……負傷廃兵
佐伯正董……軍人
加藤栄吉……役人
根……東京勧業博覧会台湾館の給仕
金……右に同じ
月……右に同じ

一

さあっ、と冷たい風が吹いた。枯葉が足元を撫でるようにして舞う。

まだ二月で、木々も葉をまばらに残すのみだが、晴れたことは幸いだった。それに、今日は歩いてばかりだから、さほどの寒さも感じない。杢太郎は神田川を左手に見ながら、頭のなかに地図を描いた。会場まで、あと少しの距離だ。

傍らには、小柄な洋人が一人。洋人は川を一瞥（いちべつ）すると、ふいにこんなことを言った。

「川に囲まれたこの地形、わたし、好きなんですよ。故郷のポツダムを思い出します」

「ぼくは伊東という場所を思い出すことがある。でもいまは、ハーフェル川を想像してみているよ」

会話はドイツ語だ。

こうして異国語で話しているというだけで、景色まで異なって見えるのはなぜだろうか。

洋人の名は、フリッツ・ルンプ。この二十一歳の青年とは、今日出会ったばかりだ。当代一流の木版師、伊上凡骨（いがみぼんこつ）を訪（おとな）ったところ、背広姿で刀を動かす、場違いにも見える洋人がいたのだ。

——あの人は？

杢太郎が興味を示すと、ううむ、と凡骨が耳のうしろを掻いた。

——ルンプとかいうドイツ人よ。去年、青島（チンタオ）のほうから日本へ渡ってきたそうでな。話は片言だが、こっちの日本語は聞き取れる。なんでも、日本の木版を学びたいとかで、それで弟子にしてやったんだが……。

含みを持たせるような間があり、さしもの凡骨も、この洋人をどう遇したものか迷っている節が窺えた。

——まあ、酔狂な男だな。そういやおまえさん、ドイツ語をやっていなかったか？

そこで思い立ち、少年期から学んできたドイツ語で背広の洋人に声をかけてみた。

——なぜ日本の木版などを？

——浮世絵を学びたいのです。

洋人は反射的にドイツ語で答えてから、屈めていた身体を持ち上げると、しげしげとこちらを窺った。はてな、とでも言いたげな顔だ。それが、やがて笑顔に取って代わられた。

外国暮らしがつづくと、母国語に飢える。

ドイツ語を聞けたことが、嬉しかったのだろう。杢太郎にもそのことがわかり、切ないような、甘苦いような感覚に襲われた。

たった一言のやりとりで、赤の他人同士が友人になることがある。

この出会いも、あるいは、そういう代物であったかもしれない。

そして杢太郎もまた、みずからの語学力を試す場を欲している。この一瞬で、二人は互いに必要な存在となった。

——なぜ浮世絵を？

重ねて問うと、ややあってルンプが答えた。

——わたしの国では長いこと、日本の浮世絵は注目こそされていましたが、それと同時に、二流の代物とされていました。ですが、ここ二十年くらいで、その本当の価値が認められてきたのです。

——興味深いな。なぜだ？

——話せば長くなるのですが、ブリンクマンという美術工芸博物館長がいまして……。

興に乗ってきたところで、わからぬ異国語に辟易した凡骨が苛立たしそうに遮った。

——こいつは近くの安田旅館にいる。話がしたいなら、あとでそっちでやってくれるか。

それももっともだと思い、杢太郎はルンプが木版修業を終えるころあいを待ち、ふたたび神田猿楽町の安田旅館に会いに行った。

聞かされた話は、想像以上のものだった。

ルンプの育ちはベルリンの別荘地とも呼ばれたポツダムで、父は建築画家。

家にはさまざまな芸術家が集い、そのなかには、本家ベルリンの〈牧神（パン）の会〉のメンバーも出入りしていたそうだ。これを、縁と呼ばずしてなんと呼ぼうか。杢太郎は自分たちの会のつつましさを恥じ入りつつも、ちょうど今日開催の第四回に誘ってみた。

――行きます。わたし、日本のパンの会、見てみたい。

なぜかそこだけ、片言の日本語が返ってきた。

こうして、二人して両国公園の「第一やまと」を目指しているというわけだ。これは、白秋君や柏亭君の反応が楽しみだ。また風が吹いたが、今度は柔らかな風だ。まだ二月とはいえ、天地が力を蓄え、春を迎えつつあるような、そんな気配がする。

「お父さんが建築画家だという話だったね。もともとそういう家系なのかな」

「そうでもないようです。祖先にフレゼニウスという人がいましてね、それも聞いてください、この人は、かの文豪ゲーテの洗礼を（トイファー）――っと」

何かと思ったら、路傍の石ころにつまずいたようだ。

手を差し出したが、大丈夫ですよ、と相手が笑って応じた。それで一瞬忘れそうになったが、いまこの洋人は、何やら重大な話をしていなかったか。

「ふむ。なんだっけ、ゲーテの門番（トーアヒューター）？」

「そう、ゲーテ。ゲーテです！」

食いつくように頷いてくるので、彼もこの祖先を誇りに思っていることが察せられた。

やがて、眼前を横切る隅田川と、ほぼ正面にある両国橋が迫ってくる。川の合流地点だ。このあたりだよ、と杢太郎は両国公園のある方角を指した。

今回は、これまでと違って皆のほうが先に来ているかもしれない。安田旅館までルンプを迎えに行き、思いのほか話が弾み、時間を取られてしまったからだ。

公園に着いた。

少し暗くなってきたなか、洋館まがいの三階建てがそびえ、ところどころに嵌められた原色の窓ガラス越しに、暖かく光が漏れ出ている。「第一やまと」だ。ごめんくださいと引き戸をくぐり、店に入る。すぐに、和室の一つから歓談の声が聞こえてきた。

「だから、美術は教育されるものではなく悟得すべきなんだ！」

この声は鼎君だ。彼のこの口癖が出るときは、だいたい、すでに場は盛り上がっている。

女中のあやのと挨拶を交わし、ルンプを伴って和室に入った。

座敷机の向こう側に、奥から柏亭と白秋、そしてこちら側に、鼎と幹彦が席を取っている。皆、すでに日本酒やウイスキーを呑みはじめており、白秋は、猪口を手にやや赤らんだ顔をしている。さっそく、皆にルンプのことを紹介した。

「こちらの洋人はフリッツ・ルンプ君。凡骨先生のところで木版を学んでいるそうだ」

「ああ……」

柏亭がそれに応えて、

「そういえば、変わり者の弟子を取ったと聞いたよ。それがこの人なのか？」

「いろいろ話したら美術にも詳しくてね。しかも、祖先はかのゲーテの門番だったとか」

ほう、とあちこちから声が上がる。鼎が興味深そうにグラスを置いて、

「言葉のほうは大丈夫なのか？」

「はい、わかります」

すぐに、ルンプが日本語で答えた。

「喋るのは、まだ苦手。でも聞くのは大丈夫です」

「まあ坐ろうか」

杢太郎は羽織を脱いで、戸口の目の前、座敷机のこちら側に腰を下ろした。それに促され、ルンプが洋袴の膝のあたりを少しひっぱり、向こう側に坐った。それから、ふと気がついたように隣の白秋に顔を近づけ、すん、と鼻を鳴らした。

「香水ですか？」

「どうだろう。人造麝香というやつを試してみたのだが」

「ジャコウ？　難しいです」

困り顔をするルンプに、麝香、と李太郎が向かいから助け船を出した。

「ああ、わかりました！　面白い、匂いです」

「人造ってところが気に入ってね。どうだい、少しわけてあげようか」

どうも、ルンプには場になじむ力があるようだ。

これはもう、放っておいても大丈夫かもしれない。

李太郎はあやのを呼び、追加で二人ぶんのビールを頼んだ。そういえばルンプの意向を訊いていなかったが、歴史の浅い日本のビールを彼がどう評すのか興味もある。皆のグラスや猪口が揃ったところで、李太郎はひょいとグラスを掲げた。

「では、改めて乾杯だ。もうはじまっているから挨拶はしないよ」

明治四十二年二月十三日。

立春を過ぎた、晴れの夕暮れ。

こうして、第四回のパンの会は新たな客人を迎え入れた。

二

大日本麦酒(だいにっぽんビール)の恵比寿はルンプも気に入ったようで、すぐに上機嫌になると、

「はい、わたし、ステーションの真似をします！」

突然にそんな宣言をして、タ、タッタ、タ、シィツ、シュー、シュー、と口でリズムを取りはじめた。なるほど列車の音かと感心していると、いきなり雨あられとドイツ語が降ってきた。

「ウィーナーノイシュタット、五分の停車です！」

「ビール、ビールはいかがですか、ビールに冷たい水はいかがですか」

「葉巻、煙草はいかがですか」

「車掌さん！　助けて！」

「どうされましたか？」

「この人が嫌らしいことするのです」

「扉に頭をがんとぶつけてやりなさい」

「ビールはいかが！」

タッ、タンタン、タン……、とふたたび列車の音。

一同はしばし啞然としていたが、こういう芸は言語を超えて伝わるものらしく、ルンプの物真似のうまさも相俟って、李太郎が訳すまでもなく、欧州の鉄道駅の一場面だと皆わかったようだ。一人、幹彦が「すごいね」と手を打った。

この洋人は、おそらく耳がいいのだろう。だから語学もできる。

李太郎がそんなことを考えているうちに、もう一度やってみてくれと鼎がせがみ、ルンプはというと、今度は猿の物真似でやりすごした。

ルンプは瞬く間に人気者になったが、李太郎はやや胸が痛むのを感じた。

彼は教養人だ。けれど、充分に日本語が話せない。だから、こんな座敷芸を強いる形になってしまったのではないか。

しかし、これは杞憂であったかもしれない。目の前のルンプは、またぞろ、キー、キーなどと猿の真似をくりかえしている。もとより陽気な性格なのだ。

それにしても、洋人が来たとあれば、やはり皆、この国のありようを知りたくなる。

いま、日本はどこまで進んでいるのか、あるいは遅れているのか。

しばし、ルンプはあれこれと質問攻めにあったが、日本びいきであるためか、彼の目にはなんでもきらびやかでエキゾチックに映るらしく、あまり参考にならない。

そのうちに、こんな台詞が飛び出した。

「二年前の、あの博覧会。わたしは日本、いませんでしたので、見られなくて残念です」

うむ、と柏亭が煮え切らないような声を出した。

咄嗟に一同が静まり、ルンプが瞬きをする。

二年前の博覧会と言えば、明治四十年の東京勧業博覧会のことだ。

会場は上野公園から不忍池畔など、のべ十七万平方メートルにもわたった。不忍池に人工石の観月橋が架設されたのも、このときのこと。博覧会には七百万人近い人々が訪れ、観覧車や不忍池周辺のイルミネーションなどは、いわば帝都の威信を懸けた文明の象徴であった。

問題となったのは、博覧会のために建てられた美術館と、作品に対し与えられた褒賞だ。

一等を受賞した作の多くが、そのまま、審査官当人の手によるものであったのだ。

これを不満とした北村四海が、みずからの彫刻作品を破壊した事件は、いまも記憶に新しい。論客の柏亭などは、「美術部審査を評す」「絵画審査の標準に就て」といった論を読売新聞に寄せたものだ。

華々しい博覧会も、柏亭や鼎といった画家連中には、苦い記憶を残したということだ。

ざっと、こうした経緯を杢太郎がルンプに説明すると、

「なるほどです」

腑に落ちたように、ルンプが頷いた。

「芸術の世界、そういうものです」

柏亭がこれを受け、短く息をつく。

「その後に開催された公設展覧会では、一応は審査委員の選定も是正されたんだ。まあ、四海のおかげと見るべきかな。各派のバランスを取ったり、学者を入れたりね。それで皆、世間に認められようと、力をこめて出品した。ぼくも水彩を出品したんだが……」

ちらと、視線が鼎に送られる。

「鼎君、きみは三十号の油画を完成させていたよね、確か、『むすめ』とかいう」

「そうだったね」

早くこの話を終わらせたいとでも言うように、短く鼎が答えた。

「一応は完成させたが、出品は見送った」

「なぜかな。公設展覧会の審査委員も、やはりきみにとっては気に入らなかったのか？」

大々的に開催された、官製の展覧会のことである。出品しないというだけでも、反逆とも取れる、勇気のいることだ。

これには杢太郎も興味を覚え、やや前屈みになったが、

「その話はいいじゃないか」

とん、と座敷机にグラスが置かれた。

「それより、博覧会と聞いて思い出した。いまだ、心にひっかかっている話でね」

「もしかすると、また謎の類いかな？」片膝の白秋が問い、薄く笑った。

「謎と言えばそうかもしれないな。人死にだ。一応、事件としては解決しているんだがね。でも、どうしたわけか、いまもときおり頭をよぎる」

生真面目に答えながら、こり、と鼎が人差し指で広い額を掻いた。

三

「ちょうど二年前、小沼洋二郎という負傷廃兵が上京してきてね」

洋二郎は鼎の遠縁にあたる人物で、ある日、博覧会に行きたいと言い出したそうだ。

「そこでぼくが案内したんだが……。博覧会は、いつからいつまでやっていたんだっけ」

「三月二十日から、確か七月の末までだね」しばし記憶を探り、杢太郎は答えた。

「うん、それで思い出した。五月のころだ。ぼくは美術館を見る必要があったから、すでに幾度か足を運んではいたんだけれどね。で、どうしたものかと迷ったけれど、せっかく東京まで来て博覧会に行けないのもかわいそうなので、案内することになった」

「そうは言っても、広い会場だよね」当事者でもないのに、幹彦が悩ましげに言う。

「だから、どこを案内したものか迷ったんだが……」

東京勧業博覧会は上野公園を使った第一会場だけでも、東西の珍品をはじめ兵器までもが並ぶ第一号館から第五号館、青物を展示する蔬菜館、温室、木材を陳列する山林館、絵馬堂、生花陳列所や赤十字社館、ほかに不思議館、世界周遊館、観覧車などがあり、それ以外にも、ビアホールや汁粉屋など食事処も数多い。

不忍池畔を使った第二会場は、台湾館に水族館、奏楽堂、瓦斯館などがあったほか、数多の売店がひしめき、ここもまた、精養軒や泰明軒など食事処が多く揃っている。ほかに第三会場があるが、これは体育館を使った体操器具の陳列や遊泳場などだ。

「あの博覧会で力が入っていたのは、第一号館の展示だろうかね」

腕を組んで、杢太郎はゆっくり吐息を漏らした。

「ただ、後世に残る記憶はイルミネーションや観覧車かもしれないな」

「人間は叙情を記憶する」

ぽつりと言って、白秋が片膝のまま手酌した。

無作法なようだが、この男がやると、なんとなくさまになって見えるのが不思議だ。

「その点で第一号館はよくなかった。展示をつめこみすぎだし、第一、品がない」

だんだんと、杢太郎も思い出してきた。

確か、第一号館にはよくわからない巨大な閻魔様の面なども展示されていたはずだ。ほかにも文具から瀬戸物、寒水石やガラス下駄。医療器具や人体模型などは目をひいたが、全体的に方向性のようなものがわからず、何より、肝心の色彩がばらばらであるように感じられたものだ。

「まあそういうわけだから」

咳払いをして、鼎が話を戻した。

「全部は案内できないので、上野公園か不忍池畔にしようと思って、どこにどういうものがあるのか、ざっと洋二郎に説明した。それで本人に意向を訊ねてみたら——」

——うむ。観覧車というやつも気にはなるが、風情がありそうなのは不忍だね。

——ではそうしましょう。

——池の周りを歩けるか。遠くから望むのもいいが、やはり近くで気配を感じ取りたい。

「だいたいこんなやりとりがあって、日曜日に、第二会場の不忍池に行くことになった」

当日になり、まず、二人は池の周囲を回ったそうだ。

洋二郎が軍装でやってきたのには閉口したが、氏は楽しげで、売店の並びを歩くだけで、

——やあ、あれは絵葉書の売店だね。

――人々が沸き立っているね。これだけで従軍した甲斐があったというものだ。

などと饒舌にあれこれ話した。

それから、池に架けられた観月橋を進み、なかほどで立ち止まった。開会から二ヵ月も過ぎているのに、人が多く、あちらこちらからざわめきが聞こえてきた。

――この橋は夜になるとイルミネーションが点くのですよ。

――それはいい。せっかくだから、夜まで待ってくれるかな。どうだろう？

――そうしましょうか。しかし、少し歩きすぎて疲れましたね。

池に目を向けると、正面に台湾館があった。

茶を基調に朱色の柱が映える、水上にせり出した形で建てられた中華風の木造建築だ。そのさらに向こうには、池畔中央にどしりとかまえたルネサンス式の外国館がある。

――あの水上に建てられているのが台湾館です。

――ふむ。台湾。

それまで興奮気味だった洋二郎は、これを聞いてやや神妙な顔つきになった。

――池にせり出した、龍宮のような場所なのですよ。喫茶もあるし、行ってみませんか。

――台湾。懐かしいな。

「この一言で決まった。それから来た道を戻って、ぐるりと池畔を回って……」

「台湾館はなかなか面白いところだよね」幹彦が姿勢を崩し、片手を畳についた。

「うん。入口にいきなり、樟脳(しょうのう)で築かれた七尺くらいの塔があった。あとは、台湾産の物品の陳列だね。喫茶は二階だから、興味深そうにうろうろする洋二郎の手をひいて階段を登った」

「二階はどうなっているんだ？」

鼎の向かいで、柏亭が首を鳴らした。

「あそこの喫茶は、混んでそうだと思ってぼくは行かなかったんだ」

「そうだな、喫茶室に限って言うなら、ほぼ正方形だ。館が大きく水上にせり出している、その中央部分だね。時間帯がちょうどよかったのか、皆、混んでいると思って避けたのか、案外に客は少なかったよ。ぼくたちのほかに、二組いただけだ。あとは、そうだね――」

テーブルがあわせて十二台。

これもまた正方形で、奥に向けて三列に各四台用意されていた。椅子は背もたれのない丸椅子で、坐り心地はよくない。けれども、部屋の周囲は三面がテラスに向けて開けていて、不忍池や弁財天、観月橋などが一望できた。

テラスに面した席がいいと洋二郎が言い、二人は向かって右奥のテーブルについた。

――風が抜けて心地いいね。

洋二郎が微笑んだところで給仕が来たので、鼎が二人ぶんの台湾烏龍茶を頼んだ。

「給仕は台湾の娘さんだったね」

思い出そうとするように、幹彦が視線を持ち上げる。

「あそこはぼくも行ったんだ。三人娘の評判がよかったものだから」

「残念ながら、その日は一人しかいなかった。客の数を見て、残り二人は休憩していたようだね。で、注文を取った娘さんが喫茶室を出ようとしたところで、部屋の入口近くにいた二人組の客の片一方が声をかけた。ちょっとおかしな間があって、娘さんは愛想笑いだけを返して去って行った。席が離れていてうまく聞き取れなかったんだが、これにすぐ洋二郎が反応した」

——あいつも台湾帰りの軍人だな。

——なぜです？

——あれは台湾語だよ。卑猥な言葉だ。ああいう輩が、帝国の恥をさらす。

「勇君に聞かせてやりたいね」

悪友の顔が思い浮かび、つい杢太郎はこぼしてしまう。

それにつられてか、白秋が唇の端を持ち上げた。

「勇君が行くようなのは、最初からそういう言葉を口にしていい場所だ」

そこまで言ってから、白秋が隣できょとんとしているルンプに目を向けた。

「ああ、すまない。ルンプ君は知らなかったね。歌人なんだが、そういう悪いやつがいるんだ。そうだな、きみもいずれ会うだろうから、憶えておくといいよ」

最後に一言加えたのは、まだ居心地が悪いであろうルンプのことを考えてか。暗に、我々の仲間だと見なしていると伝えているのだ。

あの二人は作風が一緒で、生きかたが逆――。人づてにそんな評を聞いたときは閉口したが、それでも杢太郎が白秋に友情を感じるのは、こういうところがあるからだ。

「さあ鼎君、話に戻ってくれたまえよ」

偉そうなところが変わらないのは、いつも通りのこと。

話の腰を折られ、仏頂面をしていた鼎が真面目な顔に戻った。

「まもなく烏龍茶が来た。ぼくには不思議な味に思えたが、洋二郎は喜んでいた」

――そう。この緑茶と紅茶のあいだのような味。この味だよ。

懐かしむように、洋二郎はゆっくりと台湾烏龍茶をすすった。その様子を見るうちに、鼎にも滋味のある茶だと思えてきた。件(くだん)の二人組は、いつの間にかテラスの正面に出て眺めを楽しんでいた。それから、洋二郎がもっと風に当たりたいと言って席を立った。

鼎がついて行こうとすると、

――かまわんよ。ちょっと、考えごとをしたいんだ。一人にしてくれ。

「それで、ぼくも一人にされてしまった。二人組はぼくから少し離れた背後にいて、何事か口論するのが聞こえた。洋二郎は、さらにそのうしろのほうへ行ったようだね。仕方ないから、ときおり吹き抜ける風を楽しみながら、茶をすすって、二杯目を頼んだ」

それから事件は起きた。

二杯目の茶が来たところで、一発の銃声が響いたのだ。慌てて周囲を見回すと、まず青ざめた顔をした給仕の娘の顔が目に入り、それから口論していた二人組の一方がテラスの欄干にもたれかかっているのがわかった。台湾語を話していた、軍人だという男だ。やがてその男が、音を立ててその場に倒れた。

もう一方の男は、憔悴したような顔つきでその場に立ちすくんでいる。

テラスのさらに向こうには、咄嗟に身を伏せ、男が倒れているあたりに鋭い目つきを送る洋二郎。室内のもう一組の客は、なかほどの席で、テラスに半身を向けたまま身を凍らせていた。

「不謹慎だが洋二郎の姿勢には笑ってしまいそうになった。テラスに腹這いになっていたんだ。あれは、軍にいたころの習性だろうな」

銃声は外にも響いたようで、すぐに、立襟に金ボタンの看守人がどやどやとやってきた。

「そのときにはもう、男は事切れていたようだ。遅れて、警官も何人かやってきた」

「撃ったの、誰です？」

身を乗り出すルンプに対して、「順に話すから」と鼎がそっと手のひらを向けた。

「警察はぼくたちの話を順に聞き取り、最終的に、テラスで口論していたもう一人の男を連行していった。この過程で、二人のこともわかった。まず、撃たれたのは佐伯正董(まさただ)、平服だったが洋二郎の言う通り軍人だった。そして連れの男は加藤栄吉(えいきち)、役人だそうだ」

栄吉は特に抵抗することもなくそれに従い、鼎たちもその場から解放された。

「つれられていく栄吉の様子を見て、まあそういうことであったのだろうと、ぼくたちもそれ以上疑問に思わなかったし、洋二郎と事件の話をしたりはしなかった」

鼎としてはもう帰りたい気持ちになっていたが、ちょうどイルミネーションの時間も近づいてきていた。そこで、不忍池畔で洋二郎とともに点灯の時間を待った。

風に葉が舞い散り、あたりが暗くなっていく。

やがて、池畔の売店、周囲の建物、そして観月橋が暖かく光を放った。

——点きましたね。

鼎が声をかけると、ああ、と洋二郎が生返事をした。

——橋の瓦斯灯が美しいな。これからは、夜に大地が発光する時代になるのか。

四半刻ほどその場に佇み、やがて、そろそろいいだろうという雰囲気になった。どちらが先でもなく二人は池畔を離れ、鼎が洋二郎を宿に送った。

「それだけか？」鼎が言葉を切ったのを受けて、幹彦が訊ねた。

「それだけだ」

泰然とした調子で鼎が応じる。

「ただ、ぼくも居あわせた事件だったせいで、だんだん据わりが悪く感じられてね。だからその数日後、今度は一人で、もう一度博覧会を訪ねてみた。まあ、それで――」

ふたたび台湾館を訪った鼎は、先日の事件について訊ねてみた。すると、喫茶室の三人娘がよく知っているはずだと言われた。そこで、まず根という給仕と話をしてみた。

「この根は事件のとき休憩していたようで、その日はじめて会った。台湾生まれの娘さんだから、筆談を交えて話を聞いた。まとめると、おおむねこうだ」

――先週の事件について話を聞かせてほしい。

――わたしは詳しくないのです。役人さんが軍人さんをピストルで撃ったらしいとしか。

――もっとよく知っているのは？

――それなら金に聞くといいですよ。あの子、警察といろいろ話をしていたから。

「金も初対面だ。で、その彼女の話がこう」

――またこういうことが起きないか、すっかり怖くなってしまって……。

――それで警察にいろいろと話を聞いたのか。わかったことを教えてくれないかな。

――女性をめぐっての諍いだったみたい。かつて一人の女の人を取りあって、殺された正董という人が結局は娶ったとか、そのような……。

「そういえば、口論のときそんな話が聞こえてきたような気もしたが、一応確認した」

――確かかな。警察がそう言っていたのか？

――ええ。それで、栄吉という人が、恨みに思って撃ってしまったのだとか。ただ、わたしは休憩中だったから見ていなくて。あのとき喫茶室にいたのは、月という子。

「色恋沙汰も現実に聞かされるとなんとなく風情がないね」

白秋がどうでもいい感想を述べ、何も聞こえなかったかのように鼎がつづけた。

「とにかく、これでやっと見覚えのある給仕が出てきた。月という名はこのとき知った」

――あれ、あなた、先週いらっしゃいませんでした？

――うん。事件のことがどうにも気になったものだから。話を聞かせてもらえるかな。

――どうでしょう。わたしはその場にいたというだけで……。

――ぼくは事件があったとき、背を向けていてよく見られなかったんだ。きみは確か、あのとき喫茶室にいたよね。きみが見たことを、教えてくれないかな。

「残念ながら、月も被害者が撃たれた瞬間は見ていなかったらしい。でも、二人の記憶を綜合して、だいたいの位置関係を確認しなおした」

そう言って、鼎が目の前の座敷机をざっと片づける。まず自分のグラスを目の前に置いて、それから白秋の猪口を勝手に奪って少し離れた位置に置いた。

「ぼくのグラスを喫茶室の入口としよう。白秋君の猪口が、喫茶室の一番奥。奥だけれども、この部屋は三面がテラスに向けて開けていて、だからちょうどこの猪口のあたりから、不忍池が一望できるようになっている。それで事件があったのが、ここ」

猪口のさらに先、テラスの部分が指される。

ついで、入口から向かって右奥のあたりを、鼎がつついた。

「ぼくと洋二郎が取った席がここだ。椅子は横向きに配置されていて、洋二郎が向かって右、室内を一望できる場所にいた。だから、その対面にいたぼくは現場に背を向けていて、事件の瞬間を目撃できなかったわけだ」

「事件があったとき、洋二郎はテラスにいたんだよな？」確認するように柏亭が訊ねる。

「このあたりだね」

鼎が向かって左奥、正方形の角のあたりを指した。

「月がいたのが、この猪口のあたり。ぼくの背後だな」

「もう一組いたという客は？」柏亭が重ねて問う。

「月よりも入口寄り、部屋の中央あたりだ。ちょうど月が邪魔で、事件現場は見えない」

「ふむ。この二人については問題なさそうだね。ほかに情報はないのか？」

「それがまさにひっかかっている点でね。月との話に戻ると、こういうことらしいんだ」

——きみは銃声を聞いてから、事件現場を見た。それで間違いないね。

——ええ。

——何か気がついたことはないか？

——わたしが見たときは、栄吉という人がピストルを池に投げ捨てる瞬間でした。

「聞いたときは、特になんとも思わなかったんだけどね。ピストルがなければ疑われないだろうと考えて、栄吉が咄嗟に投げ捨てたんだろうと考えたわけだ。でも、そのうちにだんだんと腑に落ちなくなってきた。衆人環視のなかだから、捨てる瞬間を目撃されないということはまずない」

そうするとだ、と鼎が首を傾げてみせた。

「なぜ、栄吉はピストルを捨てたりなどしたのだろう？」

四

「確かに気になるね。なぜだ？」

杢太郎がうなったそのとき、料理が到着した。皆を驚かせようと、前もって頼んでおいたものだ。あやのが配膳するのにしたがって、「ん？」「これはなんだ？」といった声が聞こえてくる。最後に、杢太郎とルンプのぶんも来た。

丸皿に、スープとともに黄色い麺がある。載せられているのは一口大に切った白身魚だ。

「欧風そばの平目添えにございます。フォークで巻き上げて召し上がってください」

皆が口々に、「この黄色い麺はなんだ？」「それよりバターの匂いが香ばしい」などとざわめきはじめる。ちらとルンプに目をやると、

「日本で、これ食べられる。びっくりです」

と期待した通りの反応が返ってきた。

「フォークだとうまく巻き上げられないな」と幹彦が口を尖らせると、「箸を使ってもいいか？」と鼎がフォークを箸に持ち替える。「駄目だ、それだと滑る」と柏亭。それからやがて、「うん、うまい」と幹彦が言い、「白身魚とあうね」と白秋が感心したように言う。

「うちのコックが欧州の料理本を手に入れたのですが、言葉がわからなかったので、杢太郎様に訳していただいたのです。向こうでは、このようなそばが食されるのだとか」

「麺が黄色いのは？」興味深そうに、柏亭が訊ねた。

「本場の小麦を使うとこのように黄色くなるそうです。ですがそれは叶いませんでしたので、くちなしの色素を使っております。麺はコックが手ずから打ったものにございます」

幹彦が皿を持ち上げ、口をつけてスープをすすった。

「バターだけじゃない。酒が入っているね。さて、これは……」

「前にお出しした葡萄酒を使っております」

「なるほど。そう聞くと葡萄酒と一緒に食べてみたくなるな。出してもらっていいかい」

「ぼくも」

柏亭と鼎が同時に挙手し、杢太郎、ルンプとつづく。最後が白秋だった。

「さすがに、これに日本酒というのはどうもね。猪口も鼎君に取られてしまったし」

「それではお持ちいたしますね」

笑顔とともに、あやのが厨房へ戻っていく。

さて、なんの話であったか。酩酊しつつある頭で思い返そうとしたところで、

「なぜピストルを捨てたかだ」

と、こちらの心を読んだかのように柏亭が切り出した。

「単純に考えるなら、罪に問われないため。もっと言うなら、犯人として捕まらないためにそうしたと言える。でも、喫茶室のテラスはどこからでも見える。室内からも見える位置に

いるし、もっと言うならば不忍池を囲む見物人が山といる」

「現に、月に目撃されてしまっているしね」と幹彦が補う。

「可能性に賭けた」

少し考えてから、杢太郎は口を開いた。

「ピストルを捨てるところを、たまたま誰にも目撃されない可能性に賭けたというのはどうかな。そうすれば、自分が凶器を持っていない状況が生まれる。目撃されなければついていたと考え、されたらされたで仕方ないと思うくらいの強い殺意はあった」

「ふむ。それはありえそうだ」

鼎は納得しかけたようだが、すぐに柏亭が反対の声を上げた。

「いや、やはりおかしいよ」

「というと？」鼎が目をぎょろつかせる。

「実際に事件が起きた状況を想像してみてくれ。まず、栄吉が正董を射殺したとしよう。この段階で、銃声が鳴る。銃声が鳴ったとあれば、周囲の注意は栄吉に向く。そのあとで銃を捨てる。捨てる瞬間を目撃されないというのは、ほぼ、ありえないのではないかな」

これは柏亭の言う通りだ。

皆が黙しかけたところで、葡萄酒が揃った。それを待って、「あの」とルンプがおずおずと手を挙げる。

「栄吉、犯人ではないとすれば？」

皆の視線が集中し、ややどぎまぎした調子でルンプがつづけた。

「たとえば、正董、自殺したとします。理由は、罪の意識があったから」

「面白いな」

新しく来たグラスの脚を持ち上げ、白秋が片眉を動かした。

「いいぞ、ルンプ君。それで？」

「そのままでは、栄吉、犯人になってしまいます。ですから――」

「つまりこういうことか？」

柏亭があとを補う。

「二人は直前に口論をしていた。その途中、正董が自分のピストルを取り出して突如自殺したとする。落ち着いてさえいれば、栄吉が疑われる状況でないことはわかる。でも、気が動顚してしまい、疑われるのではないかと考え、咄嗟に正董のピストルを捨てた」

「ないね」

今度は、白秋が即座に却下する。

「もしそうであるなら、弾（たま）が一発撃たれたピストルを正董が握っていたことになる。いくら動揺していようがそれは一目瞭然だし、帝都の盆暗な警察とて、見過ごしはしまいよ」

これを聞いて、ルンプががっくりと肩を落とす。

白秋はそれを一瞥すると、

「では、ルンプ君の説をもとに、もう一つ。やはり犯人は栄吉ではなかった。とはいえ、正董の自殺でもなかった。こんなのはどうだい？　正董は、不忍池畔から狙撃されたとしたら」

「どんな犯人が、どんな動機で？」なかば反射的に、杢太郎が問いかけた。

「そんなことはどうでもいいだろう。きみもあいかわらず無粋だね」

「いや――」

抗議しかけてから、この友人には何を言っても無駄だと思い出す。

顎に手を添え、考えを巡らせた。

「……事件当日は日曜日だった。休みの日であるし、イルミネーションが点くのは日曜祝日だから、この日の博覧会は人出が多い。池畔も、さぞや人でごった返していたことだろう。そのどこに隠れて、狙撃なんかできるというんだい」

「たとえば、建物の屋根とかは？」と、ここで柏亭が横槍を入れてきた。

「きみも白秋君の肩を持つのか」

「あくまで可能性の検討だよ」こちらの反応がおかしかったようで、柏亭が笑う。

「たとえ建物の屋根でも銃声は響く。気取られないというのは難しいだろう。だいたい、栄吉がピストルを捨てた話はどこへ行ったんだ」

これは説得力があったようで、また沈黙が訪れた。

幹彦が欧風そばを巻き取ろうと苦心し、やがて諦めて、ず、と口で吸いこむ。

「さっきの杢太郎君の話なんだけどね。可能性に賭けた、というやつ」

「うん。そんなことも言ったね。それが何か？」

「目撃されない可能性に賭けたとしたなら、それは、ほぼ成功していたのではないかな？それだけ人の目があって、実際にピストルを捨てる場面を目撃したのは、聞く限りでは月一人なのだから。逆に言えば、そんな重要な場面を月一人しか目撃していない」

「それは逆でもなんでもないと思うが、まあそうだね」

「だからつまり――」

そこまで言ってから、ぐ、と幹彦が欧風そばを呑みこんだ。

「月という娘の証言は、本当に信用できるものなのか？」

ふむ、と杢太郎が鼻を鳴らすと、

「それ、一考に値します」

と、ルンプが妙に難しい日本語をくり出した。

「では、月さんの話、嘘だったとすると？」

「つづけろ」妙に居丈高に、白秋が促す。

「月が犯人」

うろたえている様子のルンプにかわり、杢太郎は答えた。

「月は鼎君の背後にいて、現場の真っ正面。残るもう一組の客の目が気になるが、機会はあったかもしれない。偽証したとするなら、とりあえず一番犯人になりえそうな栄吉に罪を着せるため。ずっと台湾館で給仕をしていたのだから、銃の隠し場所もあるだろう」

「動機は？」すかさず、白秋が疑念を呈してくる。

「きみ、さっきはそんなのどうでもいいとか言っていなかったか」

「杢太郎君にとってはどうでもよくないだろう。ぼくはそれを聞きたい」

友人の屁理屈を聞き流し、ふむ、ともう一度言って杢太郎は顎を撫でた。

「……まさか、卑猥なことを言われたくらいで殺しはすまい。でも、動機はある。きみたち、人類館事件のことは憶えているか」

正面のルンプが首を傾げ、逆に、遠くの席の柏亭が得心したように頷いた。

「あのときは、人間そのものが展示されたんだったね」

これは、明治三十六年に大阪で開催された内国勧業博覧会で起きた事件だ。

学術人類館なるものが建てられ、アイヌや沖縄、朝鮮、清国、インドなどを出身とする人々が、民族衣裳姿で日常生活を送るさまが「展示」された。

これに対して沖縄や清国、朝鮮側が抗議し、事件化に至ったというわけだ。

「台湾館とて構造は同じようなものだ。評判こそよかったようだが、台湾生まれの年端もゆかぬ少女らが給仕させられた。しかも、台湾は明治二十八年に日本が奪ったばかりの土地だ。さらに言うなら、殺された正董は台湾に従軍した軍人。ぼくに言わせれば、動機がないと言うほうがおかしいね。……ルンプ君、きみも少しは日本に失望したかな」

「いいえ」

真っ正面から、ルンプの瞳がこちらを向いた。

「人種問題、ヨーロッパにもあります。もっとひどいこと、あります」

「そうか」

ルンプが言うならば、きっとそうなのだろう。

この洋人は、羽目を外すのは好きだが、ごまかしや皮肉がない。きっとそういうところが気に入ったのだ、と杢太郎は自己分析した。そのまま黙考しかけたところで、

「ひどいことと言うなら、実際、もっとひどいことがあった」

鼎がぽつりと漏らし、それから葛藤を覗かせでもするように唇を曲げた。

「洋二郎も台湾への従軍だった。しかも、現地人の恋人まで作っていたらしい。ただ、負傷して廃兵となって、諦めて帰国したという話だったが……。その洋二郎から、こんな話を聞かされたよ。日本の統治に対して、台湾の住民が抗日運動を起こしたんだが――」

言いにくそうに、途切れ途切れに鼎がつづけた。

いわく、台湾統治の初期、抵抗した者の大多数は、司法を経ずして処刑された。臨時法院制度なるものは施行されていたが、武装抵抗に対して軍隊や憲兵、警察はその場で銃殺するか、あるいは逮捕してもただちに殺害した。

「密偵が抗日の疑いのある者をまとめ、土匪(どひ)名簿なるものを作るんだ。これをもとに、討伐隊が村を包囲して、二百名以上が殺された事件まであった。明治三十一年のことだ」

「本当か？」信じられない様子で、柏亭が咄嗟に聞き返す。

「台湾にいた軍人で、しかも現地に恋人までいたという洋二郎の話だ。少なくともぼくは、事実そういうことがあったのだろうと判断した」

これで、完全に一同は沈黙してしまった。放心、と言ったほうが近いだろうか。

湿りがちに、柏亭が口を開いた。

「月が犯人だという説は、まずなさそうに思う」

「なぜだい」と欧風そばを食べ終えた鼎が腕を組む。

「洋二郎は軍装だった。対して、正董は平服だ。そうした歴史的な恨みがあったとすれば、正董よりも、むしろ洋二郎が狙われるほうが自然ではないかな。そしてやはり、疑われずに犯行をやりおおせるのも無理だ。喫茶室のなかで発砲されたら鼎君もそれに気づく」

それもそうだという雰囲気が生まれたところで、ぼくもいいか、と白秋が半身で訊ねる。

「洋二郎は、ピストルを持っていたか？」

少しの間があってから、鼎が重い口を開く。

「持っていた」

これを受け、しばし皆黙りこんでしまう。

何やら不穏な予感のようなものが場を覆った、そのときだ。

「一言よろしゅうございますか、皆様」

いつものあの声が、背後の戸口から聞こえてきた。

振り向くと、盆を手に佇むあやのの目が、まっすぐ鼎に向けられていた。

「もしかしましたら、鼎様は、わたしたちを試しておいでなのではありませんか？」

五

柏亭はあやのの登場を待っていたようで、「やっと来てくれたね」と彼女を歓迎する。

「今回も、ぼくたちが見過ごしていることがあるということかな？」

李太郎が問うと、「恐れながら」とあやのがやや硬い声で答えた。

向かいのルンプに目をやると、新たな展開にわくわくしている様子なのがわかった。特に説明を加える必要はなさそうなので、これまで通り、あやのにまかせることにした。

背後に立つあやのを見上げ、無言で先を促す。うやうやしく、あやのが一礼した。

「鼎様のお話ですが、どうも気になる点がいくつかございました。まず、お二人は観覧車に乗るのはおやめになった。これ自体は、理解できなくもありません。ですが、観月橋から台湾館を望む際に、鼎様はこのように説明されました」

――あの水上に建てられているのが台湾館です。

――池にせり出した、龍宮のような場所なのですよ。

「また、台湾館の二階へ登る際には、こんなことがございました」

――興味深そうにうろうろする洋二郎の手をひいて階段を登った。

「その後に、正董様が月様にちょっかいをかけるくだりがありましたね」

――席が離れていてうまく聞き取れなかったんだが、これにすぐ洋二郎が反応した。

――あいつも台湾帰りの軍人だな。

「ふむ。そういうことか？」

柏亭があやのの話を受け、やや咎めるような視線を鼎に送った。

「確かに、ぼくたちは見落としていたようだな」

「それから、イルミネーションです。鼎様と洋二郎様は、こうおっしゃいましたね」

――点きましたね。

――橋の瓦斯灯が美しいな。これからは、夜に大地が発光する時代になるのか。

ああ、と幹彦がここで自分の頭を叩いた。

鼎はというと、無表情にあやのの話に耳を傾けている。

「さて、洋二郎様は負傷廃兵ということでございました。台湾での恋を諦めるくらいですから、相当な怪我であったと察せられます。ですが、鼎様がつき添っていたとはいえ、博覧会を歩き回ることはできた。烏龍茶を飲み、喫茶室を吹き抜ける風を楽しむこともできた。そういいいいいたしますと、洋二郎様はどこを負傷していいいいたのでしょうか」

そう言ってから、あやのがゆっくりとみずからの顔を指さした。

「目、でありましょう。いかがですか、鼎様」

鼎がいったん視線を外し、それから小さくこくりと首を動かす。

「つづけてくれるか」

「洋二郎様は観覧車に乗っても景色を楽しむことはできません。興味はあったかもしれませんが、それならば不忍のほうがいいとお考えになった。また、台湾館が池にせり出していることは、言われるまでもなく一目瞭然です。鼎様がこれをあえて説明されたのは、それを見ることができない洋二郎様のためでありましょう」

「そして階段を登る際、鼎君は洋二郎の手をひいた」李太郎が重ねて言う。

「左様でございます。洋二郎様が遠くの席の話をよく聞き取れるのも、おそらくは目が見えぬため耳が鋭くなったのではないでしょうか。最後に、イルミネーションです」

まず、鼎はイルミネーションが点いたことを洋二郎に知らせてやる。

それから、洋二郎が瓦斯灯が美しいと感慨を述べる。

「鼎様がこれを訂正されなかったのは、洋二郎様を慮ってのことでありましょう。確かに、東京にはまだ瓦斯灯が多くあります。ですが、ご存知の通り、いまは電気の時代です。そして、博覧会の際に架設された観月橋は、八十四個の白熱灯に彩られておりました」

博覧会のイルミネーションは観月橋だけでなく、周囲の建物や売店全体に及ぶ。これを一つひとつ点灯夫が灯して回っていたらきりがないし、イルミネーションもあったものではないだろう。

ですから、とあやのが言葉をついだ。

「洋二郎様が正董様を撃つことはできないのです。ピストルを持っていながら警察に疑われなかったのも、このためでありましょう。月様でもない以上、やはり撃ったのは栄吉様ということになります」

失礼、とあやのが小さく咳払いをした。

「ではなぜピストルは捨てられたのか。まず栄吉様ですが、お役人ということですので、ピストルの扱いには不慣れと存じます。撃つ瞬間、目をつむってしまうといったこともあるかもしれません。そうでなくても、発砲された直後の様子はこういうものでした。正董様は欄干に寄りかかっていた。洋二郎様は、銃声を聞いて咄嗟に腹這いになっていた。これを見た栄吉様はどうお考えになるでしょう？」

「……間違えて洋二郎のほうを撃ってしまった？」

語尾を上げて問うと、左様です、とあやのが答えた。

「栄吉様は正董様を撃つぶんには、殺める覚悟も捕まる覚悟もおありだったのでしょう。しかし、無関係の人間を撃ってしまったとしたらどうでしょう。気が動顚し、身体が咄嗟に動き、証拠になりそうな銃を捨ててしまったとは考えられませんか」

「なるほどね」つぶやき一つ、杢太郎は宙を仰いだ。

が、柏亭は疑問があったようで、「いや、おかしいぞ」と指を立てた。

「台湾館へ行く前、鼎君たちが売店を回っていたときだ。確かこんなやりとりがあった」

——やあ、あれは絵葉書の売店だね。

——人々が沸き立っているね。これだけで従軍した甲斐があったというものだ。

「なぜ、洋二郎は売店で絵葉書を売っているとわかり、そして人々の様子を窺えたんだ？」

「そこなのです」

あやのが真剣な口調で応え、それからわずかに視線を左へ這わせた。

「そこに、鼎様のお話の核心があるのです」

「難しいです。どういう意味でしょう？」ルンプが日本人みたいに頭を掻く。

「まず売店ですが、何を売っていたかはわかりません。瓦斯灯と同じように、洋二郎様が思い描いた印象を述べたのでありましょう。こうして洋二郎様はことあるごと、気丈に振る舞われてきました。一人でテラスへ出たりもしております。哀れに思われたくなかったのか、あるいは鼎様の負担にならぬよう努めて明るく振る舞ったのか、このあたりはわかりかねますが……」

語尾を濁してから、気を取り直したようにあやのがつづける。

「洋二郎様はこうおっしゃっています」

——池の周りを歩けるか。遠くから望むのもいいが、やはり近くで気配を感じ取りたい。

「これは、矜持のようなものでありましょうか。少なくとも、洋二郎様はおざなりに光景を思い浮かべていたわけではないのです。あくまでみずからの力で感じ取ろうと努め、そして見えないながらに、博覧会の光景を思い浮かべ、それを楽しもうとした。そういたしますと、こうは申せませんか。瓦斯灯に彩られたイルミネーションも、やはりこれも一つの真実であったのだと」

あやのはそこで間を置くと、奥の鼎に身体を向けた。

「あるいは、鼎様もそうお考えになったのではありませんか」

「どういうことかな」

李太郎が問い、はい、とあやのがそれに応える。

「博覧会のあと、同年、公設の展覧会が催されました。大きな官製の会とあり、画家の皆様はこぞって力作を出品されたということでしたね。ですが、鼎様は作品を完成させていながら、それを出品しようとはしなかった。確か、『むすめ』という油画でしたか。なぜ、鼎様はこのような反逆とも取れる決断をなさったのか」

問いかけるような目が、鼎に向けられる。

鼎は目をそらしたが、あやのが先をつづけない。仕方ないというように鼎が口を開いた。

「審査員の顔ぶれが気に入らなくてね」

「恐れながら、違うと存じます」

「単に画の出来が気に入らなかった。それだけだよ」

「恐れながら――」

「もういいだろう」

見るに見かねるものがあり、杢太郎はあいだに入った。あやのに向けて、顎をしゃくる。

「あやのさん、きみの考えを聞かせてくれ」

「鼎様は、洋二郎様に『むすめ』を見せたのではありませんか。いえ、見せたというのは正確ではないかもしれません。鼎様はまずご自宅に『むすめ』を飾り、そしてそこに画があるとは知らせず、洋二郎様をお招きになった」

「なぜそんなことを？」

「もし洋二郎様が画の気配を感じ取り、そこに匂い立つものを感じ取ったならば。そしてそれを、葉書屋や瓦斯灯のように言葉にしてくれたなら。それはいわば、画が別世界のもう一つの真実を宿している証左となりましょう。洋二郎様のようなかたにも伝わる画。鼎様にとって、画とはそうしたものでなければならなかった。ですが、残念ながら――」

「その通りだ」

鼎があやのを遮り、降参だとでも言うように大きく息を漏らした。

「苦い記憶だから触れたくはなかったんだが、きみたちが解き明かしてくれるなら、それも一興と思ってね。洋二郎は、ぼくの画に気づいてくれなかった。あるいは気がついたかもしれないが、感想はなかった。どうやら、ぼくはまだ画を悟得していなかったようでね」

＊

洋人ルンプを迎え入れたこともあり、その日は遅くまで盛り上がった。

「第一やまと」をあとにしてからは、どこかで呑み直そうということになり、しばし、どこがいいかと皆で両国公園に留まった。さすがにまだ羽織は必要だが、酔いも手伝い、この時間になってもそこまで寒さは感じない。

早く五月になればいい、と杢太郎は思った。あの季節が、やはり一番好きだ。

行き先が決まったようで、一同が動きはじめる。

酒精の回ったぼうっとした頭で、杢太郎は反射的に皆について行こうとした。先頭がルンプと柏亭、次に鼎と幹彦だ。傍らで、白秋が小さく欠伸（あくび）をした。

「少し呑みすぎてしまったな。でも風がいい具合だ」

「そうだね」

短く応えてから、しばし、今日の会のことを思った。今回、ルンプが来てくれたのはよかったはずだ。皆の刺激にもなったようだし、彼が定期的に来てくれれば会も盛り上がることだろう。

「なあ、杢太郎君」

とろりとした目をしながら、白秋がこちらを向く。かすかに人造麝香が匂った。

「ぼくが思うに、きみは観覧車だ」

「なんだい、藪から棒に」

「高いところから俯瞰して、多くを見て、そして知悉する。きみはそういうやつさ」

そう言って、白秋が頭上でさらさらと音を立てる木々を仰いだ。

「でも、ぼくにはそれはできない。だからそう——杢太郎君、きみが観覧車になるというなら、ぼくはイルミネーションになるよ。一瞬の、人工の美。どうだい、悪くないだろう」

「うむ」

調子のいい白秋の言に、なんとなく抑揚のない返事をしたが、確かに、白秋にはそのようなところがある。

自分とてイルミネーションのほうがいいが、いまは、それについては目をつむっておく。

「きみが観覧車で、ぼくがイルミネーション。二人で、ぼくらの言葉で世界を変えるんだ」

「白秋君、きみは少し酔っているよ」

たしなめるようなふりをしたが、さすがに悪い気はしない。白秋の迷いない台詞が、自分を前へひっぱるようにも感じられた。まるで二人揃えば、どこまでも行けるように。

先頭を歩くルンプが、また猿の真似をして皆を笑わせた。

覚え書き

東京勧業博覧会の台湾館に勤める三人は実在し、『東京勸業博覽會圖會』にその記載がある。喫茶室やテラスなど、館内の描写は当時の写真やイラストに頼ったが、正確でない可能性がある。博覧会と同年に開催された「公設展覧会」とは、いまで言うところの文展、のちの日展である。このとき山本鼎が出品を取りやめた理由は、評伝においてもはっきりしていない。また今回登場するフリッツ・ルンプの祖先、ゲーテに洗礼を授けたとされる人物について、のちに白秋はゲーテの門番と記し、吉井勇は下男と記している。この齟齬に関して、盛厚三氏は、ルンプはみずからの祖先がゲーテの「心の門番」であったことを伝えたかったのだろうとしているが、せっかくなので珍説をでっち上げることにした。パンの会を賑やかしたこの洋人が、帰独後、研究者として多くの功績を残したことについては『フリッツ・ルンプと伊勢物語版本』に詳しい。なお、この回に参加している長田幹彦については、木下杢太郎の日記に「長田」とあるのみで、資料によって幹彦であったり、あるいはその兄の秀雄であったりする。が、このころ秀雄は医学校の受験のため大阪におり、東京へ戻ったのは四月であるため、ここでは幹彦説を採用した。この日の二次会については野田宇太郎『パンの會』に、「會が果てて一行はステエシヨンホテルにゆき、そこで又、なけなしの財布をはたいて、祝杯を擧げた」とある。彼らの青春の一幕として心惹かれたが、出典が示されておらず、当時の主要なホテルに該当するものを見つけられなかったため、この逸話を盛りこむことは断念した。

主要参考文献

前回までの文献に加え、『風俗畫報増刊第三百六十一號　東京勸業博覽會圖會第貳編』東陽堂(1907)／『東京勸業博覽會案内』東昇舎(1907)／『別冊太陽　日本のこころ133　日本の博覧会寺下勍コレクション』橋爪紳也監修、平凡社(2005)／『臺灣館』月出皓編、東山書屋(1907)／『フリッツ・ルンプと伊勢物語版本——日本を愛したドイツ人』山本登朗編、関西大学出版部(2013)／『木版彫刻師伊上凡骨』盛厚三、徳島県文化振興財団徳島県立文学書道館(2011)／「東京勧業博覧会と文展創設——北村四海による「霞事件」を中心に」(『近代画説』第十六号内記事)迫内祐司、明治美術学会(2007)／「植民地下台湾の弾圧と抵抗——日本植民地統治と台湾人の政治的抵抗文化」(『札幌学院法学』第21巻第1号内記事)王泰升著、鈴木敬夫訳、札幌学院大学法学会(2004)

第五回
ニコライ堂の鐘

昼頃太田君（木下杢太郎）が来て一時間許り話した。不可思議国の話——この人の意見では、人は何らかの不可思議国がなくては満足されぬ。（……）現代人が平凡な日常事の文学で満足する様になつたのは、今の社会があまり複雑で広くて、とても全体が見渡されぬ。だから、現代人には現代の社会その物が不可思議国なのだ——といふ。

——石川啄木（明治四十一年十一月十日の日記）

登場人物

木下杢太郎……詩人、劇作家、のちの医学者
石井柏亭……洋画家、版画家
山本鼎……洋画家、版画家
石川啄木……歌人

事件関係者

与謝野晶子……歌人
ニコライ主教……日本正教会創建者、のちの聖ニコライ
ステファン中川……正教会輔祭、のちに司祭
パウェル鎌田……正教会司祭、のちに破門
フョードル伊上……正教会修道司祭

一

寒い一日になりそうだ。起きたのは昼前だというのに、何気なく顔を洗い、水の冷たさに身体を震わせてしまった。所用を済ませてから身支度を整え、外を歩きはじめたあたりで、すれ違った二人組の男が、朝、手水鉢(ちょうずばち)の水が凍っていたと話をしていた。

まだ、目の奥に凝りを感じる。

歩きながら、李太郎はぎゅっと眉間を押した。

昼前に起きたのも、目が疲れているのも、勇のやつが投げ出した『スバル』三号の校正をやっていたからだ。白秋君や啄木君の助けを借り、校正を終えたころにはもう深夜になっていた。

吉井勇君は、うまく逃げおおせたと言うべきだろうか。

啄木は嘘つきで駄目なやつだとはたまに耳にするが、こと怠惰においては、勇が断然格上なようだ。

小石川から両国橋まで、ゆっくり歩いておよそ半刻。歩くうちに、身体が温まってきたのはありがたい。かつて火除け地であった両国広小路を通り、夕暮れどき、少し遠回りをして橋の前に出た。

——武蔵と下総を結ぶ橋、だから両国橋。

この橋は、そして隅田川はいわば境界だ。とはいえ市の中心近くにあるため、彼岸と此岸にさほどの差は感じられない。このあたりも、セーヌ川に近いものがある。

わざわざ橋の前まで出るのは、儀式のようなものだ。

隅田川を前にしばし佇み、杢太郎は夢想する。この都の、ありうべき未来の姿を。パリの美術学生のように、人が芸術のみを考えて生きていける時間と空間を。それはむろん、いま、杢太郎たちがそのように暮らせないからだ。

一陣の風が吹き抜けたところで、身を翻し、「第一やまと」のある両国公園に向かった。

今回は楽しみがある。ついに、彼が来てくれるというからだ。

「第一やまと」の引き戸を抜け、しばし見回す。やがて女中のあやのが顔を出して、あちらです、と四畳半の和室に向けて手をかざした。——すでに来ている。座敷机の奥で、所在なさそうに小柄な身体を縮こまらせているものだから、余計に小さく見えてくる。

「何やらせせこましい部屋だね」

その彼——啄木が、こちらを見上げて吐息をついた。

「鹿鳴館みたいなのを想像して腹を立てていたんだが」

「きみはぼくらをなんだと思ってるんだ」

「苦労を知らん連中が、毛唐を真似て社会から目を背けている」

ひどい言われようだが、ごもっともだ。

破顔しつつ、杢太郎は手前側、啄木の向かいに坐した。

それから、じっと相手の顔を見る。彼と知りあったのは昨年のこと。確かあれは、鷗外先生の観潮楼歌会だったはずだ。啄木の才は、誰もが知るところである。しかし、その精神のありようとなると、途端にわからなくなる。それが杢太郎には面白くてならない。

リアリズムを志向しているのか、ロマンを秘めているのか。

国粋主義者なのか、それとも革命家気質なのか。

これは誰にも言えないが、あの思想の予兆すら感じさせられる。

ひとまずの雑感としてはこうだ。あらゆる主義や信仰よりも、みずからを上に置くことで、かろうじて、ばらばらな思想がつなぎ止められている。だからそう——それは、儚い。そういうところが、人を惹きつける。

そしてそうだからこそ、杢太郎は啄木の傲岸を責められない。

「仕事が決まったというだけで、世を知ったような言いかたはやめてもらいたいね」

「医学と芸術を天秤にかけられる立場にいて、どちらも選ばぬきみに言われたくはない」

ちくりとやり返したつもりが、即座にやりこめられてしまった。

ただ、杢太郎の「南蛮寺門前」を鷗外に添削してもらうという約束こそ反故（ほご）にしたものの、啄木はそれを『スバル』の巻頭に掲載した。杢太郎が欲している鷗外の寵愛を受ける彼が、しかし杢太郎のことを認めているらしいのは、なんとも、どこで辻褄があうかわからないものだ。

無意識に笑いが漏れたところで、啄木がそれを見咎めた。

「何かおかしいか？」

「いやね、校正係をやるきみの姿が少しも想像できないものだから」

杢太郎が韜晦（とうかい）すると、啄木は不服そうに頰を膨らませる。表情豊かなのは、彼の美点だ。

およそ〈牧神（パン）の会〉に向かなそうな性格の彼が来てくれたことには、さまざまに理由があるだろう。まず第一には、来月より新聞社の校正係に就けると決まったこと。杢太郎が楽しみにしていた鷗外の添削をなしにしてしまった負い目もあるかもしれない。あるいは、単純な興味。

それから昨日、校正の作業中に、杢太郎が直接に誘ってみたこと。

これまで彼を誘わなかったのは、作風や考えの違いもあるが、それ以上に、実家の援助に恵まれた杢太郎たちからすれば、そうでない啄木の前では、会そのものの話がしづらかったからだ。借金自体は本人の浪費によるところもあるが、それでも、境遇の違いというものはある。啄木もきっと、そう思われているだろうことは察している。

だから、彼の仕事が決まったと知り、声をかけられたことは嬉しかった。

勇が怠惰でいられるのは、金に困らないからだろう。が、勇はおそらくこれを弱味だとも感じている。こうなると、本人に面と向かっては口にしづらい。返す気すらなさそうな啄木の借金についても、やはり、とやかくは言いがたい。どうも、世の中というのはうまくできていない。

そんなことを考えていると、立てつづけに柏亭君や鼎君といった画家連中が来た。

「おや、珍しい顔が来ている」

「今日はこぢんまりとしているね」

順にそんなことを言いながら、柏亭が斜向かいに、鼎が隣に坐る。おそらく啄木以外の三人ともが、同じことを考えていることだろう。あいつは今日の会費を持ってきているのか、だ。もっとも、それを口にする者はさすがにいない。

啄木がビールを頼み、それではと残り三人も同じものにすることにした。すぐに四人ぶんが揃い、さて、と杢太郎はグラスを目の高さに掲げた。

「ぼくらのささやかな抵抗、芸術のための芸術に」

――明治四十二年二月二十七日。

手水鉢の凍れる日。

パンの会の第五回は、ふたたび新たな珍客を迎え入れた。

二

酒精が回ってきたところで、おのずと啄木の仕事の話になった。

新聞の仕事に就けるのはいいが、彼としては、できるなら校正ではなく政治記者をやりたいようだ。ここに白秋あたりがいれば「きみが政治とはね！」などと混ぜっ返したかもしれないが、今日の顔ぶれは違っている。

どうすれば彼が記者に転身できるか、柏亭が真面目な顔であれこれと検討しはじめた。

「漱石さんに相談してみたらどうだ？」

杢太郎も、ふと思いついて口を挟んだ。

漱石は同じ新聞社の専属作家として、社長以上の月給を貰っているという噂だ。何やら豪勢というか羨ましい話だが、桁が違いすぎてどうも想像が働かない。

いずれにせよ、杢太郎の案は啄木もすでに考えていたようだ。

漱石、と杢太郎が言った段階で、彼の口元には薄く笑いが宿っていた。

「雲の上の人だ。それに、さしもの漱石先生とてぼくの学歴まではどうにもできないよ」

「なんだか一つも二つも齢を取ったみたいな言い草だな。まだ働いてもいないくせに」

「今日のきみは一言多いな」

応えながら、啄木が苦笑を浮かべる。

気になるのは、せっかく念願の定収入にありつけそうだというのに、啄木からどことない憂愁が感じられることだ。夜勤を含めてとはいえ、三十円という月給も悪くない。それに、この話が決まったときには、喜んで白秋と乾杯したという話であったのだが。

一瞬目をつむってから、杢太郎は思い切って訊ねてみた。

「何かあったのか？」

うむ、と啄木が声を漏らし、それからビールを口に運んで時間を稼ぐ。

話したくなければそれでよいと思ったが、やがて、啄木が湿りがちに口を開いた。

「なんだか、お袋がすっかりその気になってしまって」

また、しばしの沈黙が訪れる。

「今朝手紙が来てね。月明け早々にも、節子と京子をつれて東京へ来たいらしいんだ」

節子、京子とは啄木の妻と子の名。東京で身を立てるべく、彼が北に残してきた二人だ。

確かにこうなってくると、月に三十円ではおぼつかない。

本音では、がたがたの暮らしを立て直してから迎え入れたいのだろう。が、彼の自尊心がそれを許さないというわけだ。

この男は、面白おかしい話をしたり、うまいこと人から金を借りる術には長けている。反面、物事を正直に打ち明けて、人と折りあいをつけるということができない。そして、ときに逃げ出しもする。なぜそうなのかは、おそらく彼自身もわからずに困っている。

ついつい黙考してしまったが、啄木はすでに気持ちを切り替えたのか、ひょうげた顔で皆を見回した。

「これは前にも言ったかな？　ぼくの弱味は、結婚したことだって」

「年貢の納めどきというわけだ」隣の鼎が、ここぞとばかりに唇を曲げる。

「ずいぶんと高い年貢だ」

「それはきみ、前借りしすぎたからだろう」

啄木は一本取られたとばかりに口角を持ち上げ、虚勢をはるように胸を突き出した。

「まだわからないぜ。自分で言うのもなんだが、実際、ぼくに校正係なんて三日も務まるものかね。それに、きみたち忘れてもらっちゃ困るよ。ぼくは何よりも、嘘の達人なんだってことを。たぶん明日には、全然違ったことを言っているだろうね」

それはそうかもしれぬな、と鼎がつぶやき、つられて一同が笑う。

「しかしなんだ、前借りというのも言いえて妙だなあ！　十六歳で上京できたのも、与謝野夫妻がいてこそだ。金田一君にもだいぶ世話になった。ぼくはたぶん、金だけではなくって、運も前借りしてここまで来たのだろうね」

それではこの先は下降線ではないかと思ったが、どのみち借りを返す気など毛ほどもなさそうな言いかたなので、場がからっとしたものになった。

これも、彼のいいところの一つだ。

そろそろ、この話題から啄木を解放してやりたい。少し考え、杢太郎は口を開いた。

「与謝野家と言えば、駿河台に越してくれて助かったね。前は千駄ヶ谷でわりと遠かったものだから」

「それはぼくもそうだ。簡単に歩いて行ける場所に来てくれた。しかし、あのニコライ堂のがんがん鐘の近くというのは、酔狂というか、ぼくならなんだかおかしくなりそうなものだが……」

啄木はそこまで話してから、ふと素に戻ったような顔つきになった。

「そういえば、晶子夫人から妙な話を聞いたことがあったたな」

「妙とは？」グラスを手に、杢太郎は眉を持ち上げる。

「与謝野家があそこへ越したのが一月だったね。越すにあたって、一応、晶子さんが駿河台近辺の人の話を聞いたそうなんだ。そのとき、どうも奇怪な噂が耳に入った。なんでも、鳴るはずのない時刻にニコライ堂の鐘が鳴り、その日、人死にがあったのだとか」

「がぜん面白くなってきたな」

鼎が身を乗り出し、「詳しく話せ」と居丈高に命じる。人死にと聞いてこんな対応もないものだが、このある種の鈍感さは少し見習いたくもある。

うん、と啄木が鼎に応えて、

「引っ越し先の近所でそんなことがあったとすれば、気になってくるのが人情だ。その鐘が鳴ったというのは、日露戦争が終わったころのこと。明治三十八年だね。ところが、当時を調べてみてもそのような事件があった形跡はなかったらしい」

「どういうことだ？」

「ここからが、さすがの晶子さんだ。身重であるというのに、単身、ニコライ堂へ話を聞きに出かけたようなんだな」

三

ニコライ堂の竣工と成聖式は、明治二十四年のこと。

石積と煉瓦によって建造されたこのビザンチン風の聖堂は、地盤から頭の十字架の先端まで、本堂がおよそ三十五メートル、鐘楼がおよそ三十八メートル。七年という歳月をかけ、駿河台に建設されたものだ。

いっときは、鐘楼が明治宮殿を見下ろしているなどと物議を醸したものの、特徴的な大きなドームや、一風変わった鐘の音とともに、東京の景色の一部と化した。

この時点で、日本の正教の信徒は二万を超えていた。

敷地は広く取られており、聖堂のほかに主教館や司祭館、図書館などがある。

「晶子さんはニコライ本人から話を聞くべく、まずこの主教館を訪ねた」

長く日本で伝道をつづけたニコライは、このときすでに七十二歳。

俗名をイヴァン・ドミートリエヴィチ・カサートキンと言い、文久元年、正教の伝道のためにロシアより来日した男だ。まず日本語や日本の歴史を学び、一時帰国を経て、精力的な伝道活動をはじめたという。

——ええ、ええ。確かに、そのような事件はありました。

晶子の問いに、ニコライはすぐに事実関係を認めた。

——あまり他人様にお話しするようなことでもないのですが、訊かれたら答えるようにしています。

——戦争が終わったころのこととお聞きしましたが。

——わたしにとって暗黒の時期でした。信徒には日本の勝利を祈るようにと勧め、政府もわたしたちを守ってくれました。ですが、やはりわたし自身は、祖国への思いとに挟まれ、心をひき裂かれていましたから……。かつて露探（ろたん）の疑いをかけられたのも、むべなることです。

——戦時中も日本に留まったのですか？

——ええ、ええ。それがわたしの務めですから。

「とまあ、だいたいこんな調子だったようだね」

「ずいぶん日本語が流暢だが、実際にそういう調子だったのか？」柏亭が疑問を呈する。

「又聞きだから知らんよ。そんなこと、ぼくに訊かないでくれ」

「……噂に聞くところでは、古事記から法華経まで、なんだかいろいろなことに精通しているようだな」

杢太郎の言に、ほう、と鼎が感心した素振りを見せた。

「興味をそそられるな。耶蘇教なのにか？」

「理由はわからないが、ただ、こうした努力が信徒を増やした面はあるんじゃないかな」

話の腰を折られた啄木が、「それでだ」と強引に先をつづけた。

「晶子さんは、まず問題の鐘について訊いてみた」

――聖堂の鐘の音は、戦時中は止まっていたようですが。

――ロシア風の聖堂ですから、市民を刺激するわけにもいきません。鐘を再開できたのは、約二年ぶりの聖体礼儀のときでした。あの日の鐘の音は、わたしを救ってくれたものです。

「とまあ、こんな話がなされた。正教のことはよく知らないが、このあたりは杢太郎君が詳しそうだな」

「……聖体礼儀は、いわばカトリックのミサにあたるものだ。解釈は異なるようだがね」

補足しながら、杢太郎はこつこつと額をつついた。

「で、これは儀礼の名前で、ここで行われる機密――機密というのは、他派で秘蹟などと呼ばれるものだね、それをまあ、この儀礼では聖体機密と呼ぶわけだが――」

「得意のドイツ語もいいが、わかるように言ってくれたまえよ」啄木が苛立たしげに目を細める。

「全部日本語なわけだが、とにかく、パンを食べて葡萄酒を飲む、そういうやつだ」

よしとでも言わんばかりに、啄木が尊大に頷いた。

「で、いよいよ問題の件だ」

——そうなりますと、事件があったのは十月以降？

——十月の下旬ごろです。大きな聖堂でしたら毎日のように儀礼があるのですが、わたしたちの聖堂ではそうもいきません。その日は平日でしたので、夕べの祈りが一つあったのみです。聖堂へ来たのはステファン中川、パウェル鎌田、フョードル伊上の三名でした。

「なんぞ妙な名前が出てきたな」と鼎が腕を組む。

「聖名（せいな）というやつだね。その三人が、祈りを執り行ったのか？」

杢太郎が訊ねると、そうでもないらしい、と啄木が答えた。

「夕べの祈りを担当したのが、パウェル鎌田。ニコライはそれを見届けようと聖堂に立ち寄ったそうだ。祈りがしっかりしているか、目を光らせにきたということかね。もう一人のフョードル伊上は、ウラジオストクへ向かうロシア兵俘虜（ふりょ）の面倒を見るため横浜に派遣された帰りで、何やらニコライに用があったようだな」

「そうか」

ゆっくりと、杢太郎は頰のあたりを撫でる。

「ロシアは正教だから、ロシア兵俘虜の慰安はニコライらがやったというわけだな」

「日本の先進性を世界に誇示するため、俘虜を人道的に扱う方針が立てられたと聞く」

ぽつりと啄木が応えた。

「ぼくに言わせれば欺瞞だがね」

「きみはときどき鋭いよね」横目に、柏亭が啄木を窺う。

「嘘つきだからね。とかく、人の嘘は気になるというものさ。と、あともう一人いたな。最後の一人、ステファン中川だが、彼は新たな信徒を迎え入れる練習のため、啓蒙所にいたようだ」

「またわからない言葉が出てきたな」

グラスを持った手で、鼎が肘をつく。

「そもそも、あの建物はどういう部屋があって、どういう構造をしているんだ？」

「ぼくも興味があるんだが、信徒しか入れてもらえないからね」杢太郎も重ねて言う。

「晶子さんが聖堂でなく主教館で話を聞いたのも、そういう事情のようだね。そこで、ざっとニコライに平面図を描いてもらったそうだ。ぼくも実物を見せてもらったんだが、こういうことになるなら、写して持ってくればよかったな」

「啄木君の記憶でいいよ。軽く説明してくれないか」

杢太郎が頼むと、わかったよ、と啄木が少し間を置いた。

「……まず、全体としては十字架を模した形状だ。祭壇や宝座といったあれこれは、東側の奥まった箇所に集中している。この一帯を至聖所というらしいな。中央門は、その反対の

ニコライ堂
平面図

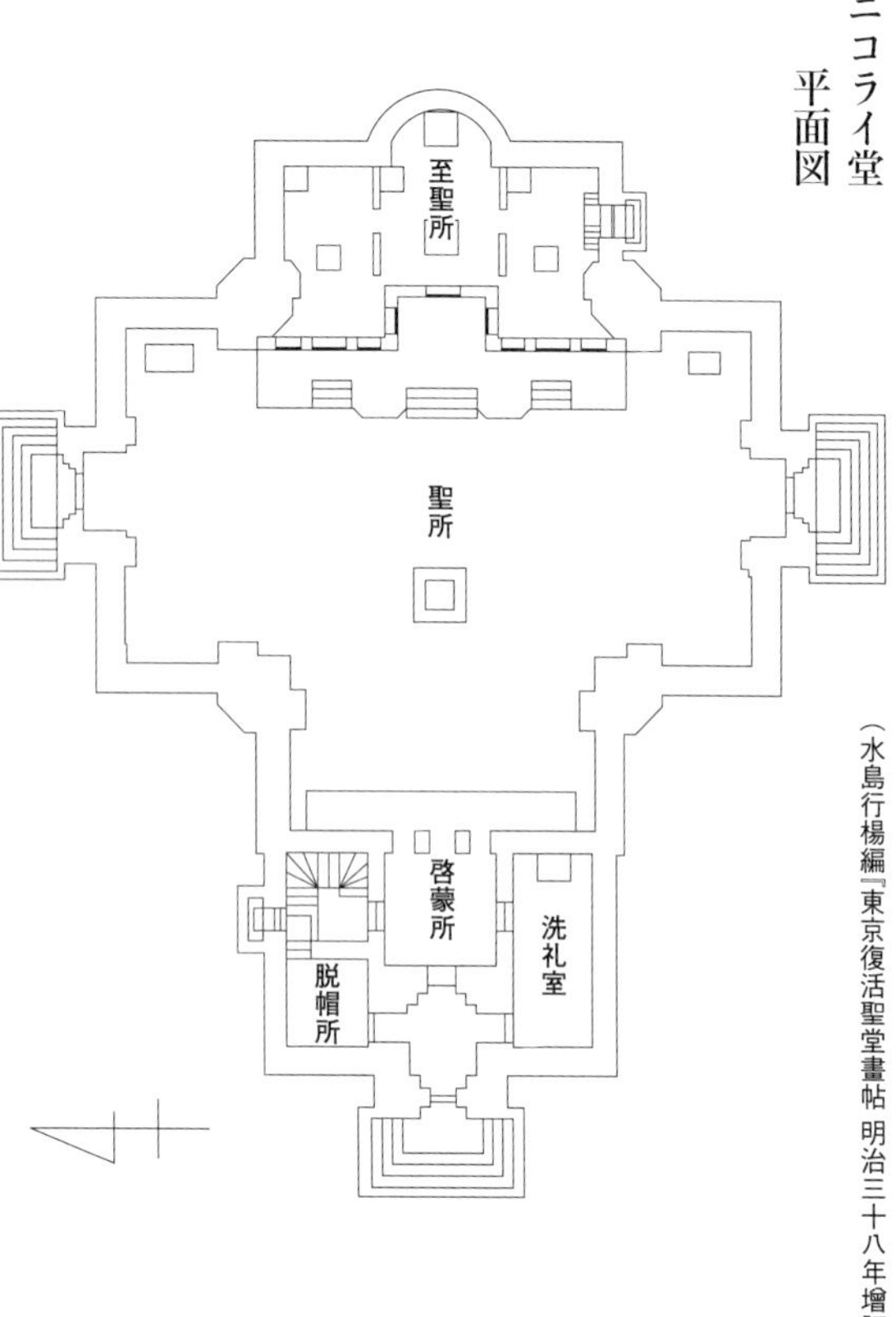

（水島行楊編『東京復活聖堂畫帖 明治三十八年増訂再刊』より）

西側にある。南北にも、大きな門が一つずつ。いずれも石段つきで、主にこの三つが大きな門になる」

「主に、ということは、入口はそのほかにも？」

のんびりした口調で柏亭が問い、そのようだね、と啄木が答えた。

「ほかに小さな門が二つ。まず一つが、至聖所に直接入るもの。もう一つが、鐘楼への階段に通じる門で、中央門から左に回ったところにある。そして、聖堂の大半を占めるのが、十字架のまんなかにあたる大きな聖所だ。なるべく多くの信徒が入れるよう、広く空間を取り、柱もないのだとか。ニコライ堂の屋根がドーム状なのは、このためらしいね」

あとはそうだな、と啄木が視線を宙に向けた。

「さっき、信徒しか入れないという話があったけれど、例外がある。中央門を抜けると、まず十字架形の玄関があって、さらにその正面に件の啓蒙所がある。ここまでは、信徒でなくても入れると聞いた。ちなみに、玄関から右に向かうと縦長の洗礼室、左に向かうと脱帽所。左奥が鐘楼への階段で、啓蒙所と脱帽所は、この階段につながってもいる」

「ふむ」

応えて、杢太郎はおおよその構造を思い描く。

「だいたい、外観から想像した通りだね。確認できてよかった」

皆が面妖なものでも見るような目を向けてくる。

李太郎は小首を傾げ、啄木に先を促した。

「それで、ニコライはどんな話を？」

「その日あったことを淡々と語ったそうだ。具体的には――」

――わたしが聖堂に入ったのは夕方ごろです。その時点では、まだ誰もいませんでした。そのうちに中央門が開く音がして、啓蒙所のほうから話し声が聞こえてきました。パウェル鎌田と、横浜帰りのフョードル伊上です。

――どんなご様子でしたか。

――パウェルは儀礼のための正装でしたが、フョードルは黒衣のマント姿で、体調も悪そうでした。大丈夫ですかと声をかけると、大丈夫です、とそのような返事がありました。彼は俘虜信仰慰安会で頑張っていたので、その疲れが出たのかと思ったのですが……。

――それから？

――祈りは日没を待ってから執り行われる予定でしたので、しばらく時間が空きます。そこにステファン中川がやってきて、啓蒙の練習をしたいからと、啓蒙所へ。

――皆、熱心なかたがただったのですね。

――だからステファンを輔祭に、パウェルとフョードルを司祭としたわけです。もっとも、ステファンはちょっとそそっかしいところがありまして、それで輔祭止まりだったのですが……。本人もそれがわかっていて、熱心に聖堂に足を運んでいたのだと思います。

――残る二人は？

――パウェルは儀礼もそつなくこなし、神学への理解も深いほうでした。対してフョードルは人望の人とでも言うべきでしょうか。新たな信徒を獲得するのはフョードルのほうが多く、わたし自身、期待をかけていました。ですから、この二人は好対照といったところです。

「ニコライはそう言ったが、どちらかと言えば、フョードルを買っている様子だったそうだ。とはいえ、このへんのことについては、それ以上の立ち入った質問はされなかった」

――お祈りの際、ほかの信徒のかたは来なかったのですか。

――戦争が終わり、やっと鐘の鳴る聖体礼儀を再開できたばかりです。まだわたしたちを警戒する人も多かったので、なるべく皆を刺激しないよう、少しずつ教会の機能を回復させるその途上でした。この日も、祈りはパウェルだけ。信徒には、できるだけ個々に祈ってもらっていました。

――それで、鐘が鳴ったというのは……。

――日が暮れ、パウェルが至聖所に入ってからです。ステファンは啓蒙所にこもったままでしたね。フョードルと話をしたかったのですが、彼はいつの間にか姿を消していました。

その後、パウェルの祈りが終わったころでしょうか、突如、聖堂の鐘が鳴ったのです。

——普段、鐘はいつ鳴らされるものなのでしょう？

——日曜の朝です。それで何か嫌な予感がしまして、鐘楼を見てみることにしたのです。啓蒙所へ行くとステファンとパウェルがいて、皆で鐘楼を登ることになりました。

「そうして、三人で鐘楼を登ると——」

「フョードルが死んでいた？」柏亭が話を遮り、啄木が目蓋をぴくつかせる。

「先に言わないでくれるかな」

「いや、すまないね。それしかなかったものだから」

「まあ、柏亭君の言う通りだ。三人が鐘楼に登ると、胸をナイフで一突きされ、例のマント姿で仰向けに横たわるフョードルの姿があったそうだ」

「待てよ、そうすると問題がないか」言いながら、杢太郎は右手で口元を覆った。

「そうなんだよ。ニコライの言葉を借りるなら、こういうことになる」

——鐘を鳴らすことができるのは、もちろん鐘楼の内部です。犯人が何かの拍子に鳴らしたにせよ、あるいはフョードルが鳴らしたにせよ——。

——少なくともその瞬間、鐘楼には二人がいたことになる。そういうことですね。

——そうです。犯人が、忽然と鐘楼から姿を消してしまったということになるのです。わたしたちは鐘の音を聞いて、すぐに鐘楼を登りました。鐘があるのはだいたい四階建てくらいの高さですから、登るのも降りるのも時間がかかる。わたしたちに見つからぬよう、階段から逃げるのが難しいのです。

──四階建て。確かにそれくらいに見えますね。そうすると、窓からも逃げられない？

──誰かが咄嗟に飛び降りて倒れていることも考えました。ステファンが放心状態になってしまったのでパウェルと窓から見下ろしてみたのですが、人の姿はありませんでした。

──窓は、四面ともですか。

──四面ともです。いったい、あれはどういうことだったのか……。

「なるほど、こいつは不思議だ」

嘆息一つ、鼎が腕を組み直した。

「鐘楼から消えた犯人。あとは、謎の鐘の音か。と、話はこれで仕舞いかな？」

「こんな面白い話、晶子さんが放っておくはずがないだろう。ニコライに住所を訊いて、まずステファン中川を訪ったそうだ」

ステファンの住まいは芝区。晶子が住所を頼りに訪ねてみると、一軒の長屋があった。

四畳半の一人暮らしで、行李に枕屏風、簞笥（たんす）と至って普通の部屋だったが、仏壇のかわりにイコンが飾られているのが目についた。

掃除は行き届いていて、日々、イコンを前に祈るステファンの姿が想像できた。ステファンは晶子のことを知っており、驚き、どぎまぎしている様子だった。

——わたしのことはいいのです。

そう前置きをして、事件について訊ねると、

——あのときのことですか。

と、やや気乗りしなそうな反応が返ってきた。

——いえ、ニコライ様がお話しになったなら仕方ありませんね。確かに、その日はわたくしも聖堂へ赴きました。少しでも、ニコライ教の役に立ちたいと思いまして。おかげで、やっとわたくしも輔祭から司祭になることができました。

「ニコライ教か」反射的に、柏亭が口を挟んだ。

「おそらく、ごく自然な発想ではあるが……」

杢太郎もそれに応え、一瞬口ごもった。

「ニコライとしては、そういう個人崇拝ではなく、正教と言ってほしかったところだろうね。なるほど、そそっかしいわけだ。ただ、素朴にニコライに惹かれて洗礼を受けた様子が目に浮かぶ。少し、そのステファンとやらが好きになってきたな。それで？」

「とりあえず、晶子さんは事件当日の流れを再確認したようだ。特に破綻はなく、ニコライ

の話と一致していた。そういうわけだから——」

——ほかに、何か気がついた点はありませんか？

「この質問を受けて、ステファンが露骨に目を泳がせた」

——いえ、特には何も……。

——何かあったのですね。お話ししてくださいますか。

ステファンは躊躇ったが、晶子の眼力を前に、助けでも求めるように胸に十字を切った。

——実は、見てしまったのです。

——見てしまった。何を？

——事件当日、わたくしは啓蒙所にいまして、ちょうど正面には玄関と中央門がありました。それから、夕べの祈りがはじまったのですが、そのとき、黒いマントの男が……。

——黒いマント。フョードルでしょうか。

——はっきりと確認はできなかったのですが、あのぶかぶかのマントは、そうだと思います。脱帽所から出てきたと思ったら、つかつかと中央門まで歩いて行き、そのまま聖堂を立ち去って行ったのです。

ですから——。と、ステファンがいまだ動揺が収まらないかのようにつづけた。

——鐘楼で刺されたフョードルを見たとき、すっかり動顚してしまいまして。彼は聖堂をあとにしたと思っていたものですから。まるで、突如としてそこに現れたようで……。

――脱帽所から出てきたということでしたね。黒衣の人物は、鐘楼から降りてきたのでしょうか？

――いえ……。そこまでは、わかりません。

――それ以外、たとえば鐘楼へ入る人影などは見なかったのですか。

――はっきりとは言えませんが、見ていないと思います。ぼんやりしていたときもありましたから。ただ、いずれにせよ鐘楼への階段の横には門がありますので、そこから入ることもできます。

――ほかに何か印象に残ったことはありませんか？

――そういえば。

――なんでありましょう？

――フョードルにナイフが突き立てられているのをむごいと思い、抜いてやろうとしたのです。そのとき、パウェルが鋭く〝抜くな！〟と止めにかかりました。……と、いえ、これはなんでもありませんね。仮に息があったとすれば、大出血して助からなくなる可能性もあるわけですから。

「どういうことだろう？」

黙って聞いていた杢太郎は、ここで疑問を挟んだ。

「ニコライの話では、いつの間にかフョードルはいなくなっていて、それから鐘楼で刺殺体が発見された。でもこの話では、脱帽所、おそらくは鐘楼を出ていくフョードルが目撃されている」

「わからないだろう」

こちらの困惑が愉快に映ったのか、啄木が口の端を持ち上げてみせた。

「さて、ステファンを訪ったその足で、晶子さんはパウェルのもとに向かった。パウェルは下谷（したや）の下宿で妻と二人暮らしをしていたそうだ。ここでまた、新たな事実が発覚する」

パウェルは晶子を知らなかったようで、その点では少し気が楽だった。

晶子がおおよその事情を話したところ、

——そうですか、そのことで……。

と、何やら切なくもあるような、苦い表情が返ってきた。

パウェルが妻に視線を送り、「では買いものに出かけますね」と妻が場を外した。

「それからまた、事件の日の確認だ。これも、ニコライの話と一致した。そのあとだ」

何を訊くべきか考えあぐね、ちらと部屋を見渡したとき、晶子はそこに仏壇があるのを見た。パウェルも彼女の視線の先に気づき、顔を紅潮させた。

――恥ずかしながら、正教を破門されてしまいまして……。

――破門。なぜですか。ニコライ様は、あなたを買って司祭になされたのでは。

――ああ見えて、気難しい面もあるかたです。きっと、わたしの何かが気に障ったのでしょう。いまは、細々とながらロシア語の教師として日銭を稼いでいるありさまでして。

「いくら気難しくても、ニコライは理由も告げずに信徒を破門するような人間ではない。晶子さんもそこは気になったが、本人が話したがらない以上、追及はできなかった」

――事件の直前は、夕べの祈りをしていたのですよね。これは具体的にはどのような？

――聖詠、賛詞、とこんなところです。経を読んでいたとでもお考えいただければ。

――それを終えて、鐘が鳴り、鐘楼でフョードルさんが発見されたと？

――ええ。忽然と犯人の姿が消えているものですから、不思議に思ったものです。

――皆様の話では、刺し殺されたとのことですが、自殺ということはないのですか。

――その点は確認しました。胸を一突きという状況から、皆、刺殺を連想しましたが、少し考えれば状況がおかしいとわかります。それで自殺の可能性も考え、ナイフを検分したところ、手の跡が残っていたのです。持ち手は、逆手ではありませんでした。

――と言いますと？

――わかりませんか。自分で自分の胸を突こうとすると、どうしてもナイフの持ちかたが逆手になります。逆に、誰かが誰かを刺そうとする場合は、順手になります。

——なるほど……。

空中で、晶子はナイフを持つ仕草をして確認した。

——フョードルさんとのご関係はどのようなものでしたか?

——いわば親友です。彼には人望があって、わたしには神学の理解があった。二人で、これを両輪にして日本に正教を広めようとよく語りあっていたものです。

——そうだったのですか。

晶子が応え、それからまた仏壇に目を向け、気になっていたことに触れた。

——なぜ、カトリックやプロテスタントではなく仏の道に?

——耶蘇教への偏見も根強いですから、暮らしていく上で仏教が無難だったというのはありますが……。

パウェルはおもむろに立ち上がると、仏壇に手をかけ、それを少し手前に動かした。裏側に手を突っこみ、ややあって、それが半分ほど引き出された。

正教のイコンだった。

やがて妻が帰ってくる足音とともに、パウェルがそれを元の位置に戻した。

——わからない。わたしにも、すっかりわからないのですよ。

四

思わぬパウェルの告白に、しばし皆、しんみりしてしまった。

このとき、和室の戸口から香ばしい匂いが漂ってきた。盆を手にあやのが入ってきて、皆に四つの皿を配りはじめる。最初に配膳された啄木が、胡乱なものでも見るような目つきをし、ややあって、「ん?」「これは?」などと声が上がった。

「ルンプ様がお越しになるかと思い、当店のコックが秘密にご用意したのですが……」

焼けた肉の香りはする。しかし、皿に載っているのはつやつやした大きな筒状のものだ。それが、各人に三本ずつ。

皿には野菜のほかに、辛子が添えられていた。

「ははあ、これが話に聞くあれか」

李太郎が言うと、あやのがにこりと頷いた。

「ドイツ風の腸詰にございます。ビールによくあいますので、よろしければ追加をお持ちいたしましょうか」

促されるまま酒の追加を頼み、あやのが去ったところで皆でナイフとフォークを手にした。

腸詰は堅く肉がつまっているようでいて、ナイフを差し入れると、ぷつりと簡単に切れる。

「おお、これは瑞々しいね。こういう食べかたもあるのか」

「この辛子は西洋辛子かな」

鼎と柏亭が立てつづけに感想を述べ、こわごわと一口食べてみた啄木が、呑みこみもしないうちから、「うまいな！」と目を見開いて驚いてみせた。まもなくビールも来た。

「いつもの面々でわざわざ金を払って集まるのは馬鹿のやることと思ったが、こいつは悪くないね」

この毒舌は、むろん啄木によるものだ。

柏亭が菩薩のような顔で聞き流し、先ほどまでの話に戻った。

「さっきの話だけれど、大事な点が抜けていないかな。警察がどう判断し、結果、事件がどう処理されたかだ。まさか、なんの沙汰もなかったとはいかないだろう」

そうだね、と啄木がそれに答えて、

「晶子さんも、その点は気になってニコライに訊ねてみたようだ。さっきはつい飛ばしてしまったが、こういうことだったらしい。まず、事件が起きてからニコライはすぐに警察を呼び寄せ、パウェルやステファンとともに状況をすべて話した」

「それで？」

「ニコライはこう頼んだ。日露戦争という受難の直後でもあり、市民も自分たちを警戒しているので、できるだけ穏便に済ませたい。とまあ、こんなところかな。そうだ、こんな話もあったようだ。死因が一目でわかる以上、死者にさらなるむごい仕打ちをしたくない。だから解剖には回さず、自分たちで埋葬させてもらいたい。この場で、検視まで済ませてもらいたいと」

「それは理解できる。解剖されるのは罪人だけという時代もあったようだしな」

「そして警察はというと、不可能に見える状況を解明できないまま捜査を打ち切った。異国の要人がからむややこしい事件だから、最初から捜査に乗り気ではなかったんじゃないかなと思う。報道されなかったのは、苦しい立場の正教に手心が加えられたというのがニコライの見解らしい」

「日比谷焼討事件でも聖堂が取り囲まれたことがあったたね」

新たなビールを口にしてから、柏亭がつけ加えた。

「近衛兵の手で守られたらしいが、一触即発だった。そんな経緯も踏まえての判断かな」

杢太郎は軽く頷いてから、改めて啄木のほうを向いた。

「一応、全体を振り返らせてくれ。どうもこみ入っているようだからね。まず、聖堂に入ったのはニコライ。次にパウェルとフョードル。最後にステファン。日没とともに、至聖所でパウェルが祈りをはじめた。ステファンは啓蒙所にいて、外へ出る黒衣の人物、おそらくはフョードルを目撃する」

「相違ない」こちらの話をしばし咀嚼してから、啄木が答えた。

「祈りが終わり、鐘が鳴る。それからパウェル、ニコライの順に啓蒙所に集まり、ステファンとともに鐘楼を登る。あれは確か四階建てくらいの高さだから、犯人が早業で逃げおおせられるとは考えにくい。むろんステファンあたりの仕業なら別かもしれないが、これはあとで検討しよう」

啄木が小さく顎を上下させるのを見て、杢太郎はつづけた。

「そして、鐘楼を登ったら刺殺体があった。刺されたとする根拠は、ナイフにあった手の跡。鐘を鳴らしたのは、刺されたフョードルか犯人のどちらかだと考えられる。したがって鐘が鳴った瞬間、鐘楼には二人がいたことになる。……だが、実際にはフョードルの死体しかなかった」

「わけがわからないな」

鼎がうなり、グラスのビールを一息に空けた。

「だが、謎は大きく二つか。一つは犯人の消失。そしてもう一つが、フョードルの出現」

「出現に関しては説明できなくもない。鐘楼への階段の横に小さな門があるから、聖堂を出たあと、ぐるっと回ってそこから鐘楼に入ることはできる。ただ、なぜそんなことをしたかという疑問は残る」

「とりあえず、一番簡単な解釈から行くか」柏亭が言って、こり、と腸詰を噛んだ。

「自殺の線だね」杢太郎が問うと、そうだというように頷きが返った。

「だとしても問題は残る。ナイフの持ち手の問題と、それから動機だ」

「何が問題なんだ？　人が死ぬ理由なんて、いくらだってあるだろう」

啄木が言ったが、混ぜっ返す意図はないらしく、単純に不思議そうな顔をしている。

「ぼくなんてしょっちゅう死にたいと思ってるぞ」

「こんなのはどうだ」

何事もなかったかのように啄木の訴えを流して、鼎が口を開いた。

「フョードルは誰かに殺人の罪を着せようと考え、自殺を図った」

「ふむ？」

啄木が瞬きをした。

「だから、ナイフを逆手に持たなかったということか？」

「そうだ。だとすると標的は誰か。たとえばニコライ。彼は優しい面も厳しい面もあったようだな。だから、厳しくあたられて恨みに思ったとか、そういうことは考えられないか」

「黒衣の人物は？」斜向かいの柏亭が問い、それはだな、と鼎が言ってから少し考えた。

「鐘楼を登ったものの、死にきれずにいったん外へ戻った。が、改めて決意を固め、鐘楼の門から入って決行した。鐘を鳴らしたのは、すぐに見つけてもらうためだ」

「一応筋は通っているが……」

「それはない」

柏亭のつぶやきと、杢太郎の断定が重なった。

どうぞと言うように、柏亭がこちらに手を差し出す。軽く咳払いをして、杢太郎はあとをひき取った。

「これが通常の事件と違うのは、場所が聖堂で、そして関係者が皆、耶蘇教だということだ。であれば、おのずと我々も耶蘇教の論理に従う必要がある」

そうか、と柏亭が得心したように声を漏らした。

「耶蘇教で自殺はないということだね」

「そういうことだ。正教の場合、自殺は聖神を穢す行為とされるらしいと聞く」

「聖神？」隣の鼎が片眉を持ち上げる。

「いわゆる聖霊だ。それが、正教だと聖神になる。ちなみに、キリストはハリストスだ」

「もしかすると三位一体も違うのか？」とこれは柏亭。

「三位一体は至聖三者と呼ばれる。これは正教の解釈によると――」

「それはいいよ」

面倒な話はごめんだとばかりに、向かいの啄木が手をひらひらと泳がせた。

「なんにせよ、どうせキリストが出てきたせいで、いろんな詭弁が必要になったんだろ」

「そういうわけではないんだが……」

「じゃあどういうわけなんだ」

全体きみは知りたいのか知りたくないのかね――。と、その言葉を喉元で止める。

説明しようか迷ったが、藪蛇になりそうだと判断して、自殺説の検証に戻ることにした。

「いずれにしても、耶蘇教の論理に従うなら、基本的に自殺はないと考えられる。むろん自殺者がいないわけではないだろうが、よりにもよって聖堂のなかでやることでもない」

「なんらかの理由で棄教したとすれば？」念のためというように鼎が問う。

「正教の司祭として俘虜を慰安して、返す刀で棄教する輩がいるものか？　それに、ニコライはフョードルに期待していた。長い年月、異国で伝道活動をしてきた彼の目は信じるに値するのではないかな。第一、例のナイフの持ち手の件がある」

「だったら、こう考えたらどうだろう」

いつになく鼎が食い下がってきた。

「自殺はできない。そうだからこそ、他殺に見えるようなナイフの持ちかたをした」

「信仰は人からどう見えるかではなく、本人の気の持ちようなわけだから、それもないのではないかな」

「待ってくれたまえ」

と、ここで啄木が声を上げた。

「耶蘇教の論理に従って考えようということだったな。そうすると、他殺もありえないことになる。正教のことはよくわからないが、〝汝殺すなかれ〟はどこだってそうだろう。というか、耶蘇教でなくたってそうだ。杢太郎君の話を推し進めると、もう事故死しかなくなってしまう」

「そうだね」

穏やかに応えながら、やはり啄木はときどき本質に迫るから面白いと思う。

「だから〝基本的に〟と但し書きをつけたんだ。場合によっては、自殺説も再考しよう」

やや不満そうに唇を尖らせてはいたが、啄木もそれ以上は追及してこなかった。

その合間を縫って、泰然と柏亭が話を戻しにかかる。

「外部犯も検討しておきたい。玄関付近にステファンがいたようだが、鐘楼には小さな門から直接入りこめるらしいからね。この場合は、犯人が耶蘇教でなくてもいいわけだ」

ここから次々に声が上がり、酔いも手伝い、だんだんと誰が何を言っているかもわからなくなってきた。

――動機は？

――日比谷の暴動で聖堂が取り囲まれるくらいだから、政治的なものかもしれないな。

――ならばニコライを直接襲えばいいだろう。

――いまだに、彼を露探と呼ぶ人間もいるくらいだしな。

――それにしても、なぜ鐘楼のフォードルが殺されたんだ？

――鐘楼は明治宮殿を見下ろせる。あれを不敬と思った者はいるかもしれない。

――あるいは、単に鐘がうるさかったとか。

――そうすると鐘が鳴ったことはどう解釈する？

――間違えてぶつけたか、あるいはフォードルが助けを求めて鳴らした。

何やら収拾がつかない。杢太郎はしばし考え、とん、とグラスを座敷机に置いた。

「いろいろ問題はあるが、大きくは一つ。犯人がどうやって現場から消えたかだ。蜘蛛か何かみたいに壁づたいには降りられない。飛び降りたとして、死ぬことこそないかもしれないが、その場を動けないくらいの怪我にはなるだろう」

「縄梯子はどうだ？」と鼎が案を出す。

「降りたあとに梯子を回収できない。それに、フョードルの刺殺体が見つかってすぐ、ニコライとパウェルが窓の下を確認している」

「……では李太郎君には悪いが、内部犯も検討してみようか。まずパウェルだ」

そう言ってから、柏亭が腸詰を大切そうに薄く切った。

「動機は逆恨みとでもしておくか。フョードルは人望もありニコライにも好かれていた」

「パウェルはフョードルを親友だと言っていなかったか？」李太郎は小さく右肩を回した。

「それはパウェルがそう言ったというだけだ。心中、思うところがあったとしてもおかしくはない。李太郎君、正教において殺人の罪は？」

「聖職者の殺害は、異端者にも等しい扱いといったところかな。もっとも啄木君が言ったように、それ以前に十戒があるがね」

「思い出してほしいんだが、パウェルは破門された立場ではないか。これについてはどう受け取ろうか？」

「犯行をニコライに察知され、破門されるに至った？」

やや自信なさそうに、鼎が語尾を上げる。

「確かに、破門の件は気にはなるが……」

「結局はどうやって実行したかだ」

この啄木の一言で、皆が押し黙った。

確かに、パウェルには実行が不可能であるように思える。李太郎は少し考えて、

「パウェルは夕べの祈りの最中だった。祈りが終わり、すぐ鐘が鳴ったわけだから――」

「祈りがはじまる前に殺していたとは考えられないか？」

言い終えるより前に、柏亭が新説を持ち出してきた。

「つまりこうだ。パウェルがあらかじめフョードルを鐘楼で刺し、祈りのあとに鐘を鳴らしたのだとしたら？」

「なるほど、それは考えなかったな」

ゆっくりと、李太郎は口元のあたりを撫でた。

「いや。ステファンの目があるな。啓蒙所のステファンに見られないよう、外から回って鐘楼には入れるにせよ、鐘を鳴らしに急いで階段を駆け上がれば、ステファンに足音が聞こえそうなところだ。そして結局、どうやって鐘楼から消えるかという問題が残る」

「もう一つある」

目の前の皿をすっかり空にした鼎が、人差し指を立てた。

「ステファンの目と言うなら、祈りの最中に、ステファンがフョードルを目撃している。むろん黒衣の人物がフョードルでない可能性はあるが、変装だったとしても、誰がなんのため

に考えると、結局、これはフォードルであったと考えるのが妥当に思える」

ほとんど一息に話してから、鼎が外のあやのに腸詰の追加はないかと訊ねた。

しかし、腸詰は出したぶんが全部であったらしく、鼎ががくりと肩を落とす。

「なんとなく可能性が高そうなのが、そのステファンだ」

柏亭が一本残していた腸詰を、そっと鼎の皿に移した。

「まず、啓蒙所という比較的全体を見渡せる場所にいた。何よりも鐘楼に近い。動機はそうだね、ステファンの上昇志向や、ニコライに好かれていたフォードルへのやっかみというのはどうかな。あと、思い出してほしいんだが、事件後にステファンは輔祭から司祭になっている」

「そのことはぼくも考えていたんだが……」

李太郎は目が痛くなってきたのを感じ、ぐっと眉間を押した。

「ステファンは疑われやすい立場にいる。そうであればこそ、先ほどの柏亭君の説、事件が祈りよりも前に起きていた可能性を残したかったはずだ。すると疑問が残る。ステファンは、なぜ黒衣の人物のことを証言したかだ。この証言のせいで、パウェルが守られ、そして実際に犯行に及べそうなのがステファンだという印象が生まれてしまっている」

「そそっかしかったからじゃないか」茶化すような口調で、啄木がそんなことを言う。

「いくらそそっかしくても、自分が犯行に及んだとあれば、もう少し慎重になるだろう。それに、本当にそそっかしくて証言したのだとすると、こうも言えるんだよ。その証言は、紛れもない事実であったのだとね。だとすると、どうしてフョードルは中央門から去っていき、その後に鐘楼で発見されるのか。なんだか謎が余計に膨らんできてしまわないか」

「とすると、考えたくないことだが……」

口ごもる柏亭のかわりに、杢太郎が最後の一人の名を口にした。

「ニコライだね」

「だが、しかし……」

柏亭が言ったきり、場がしんと静まってしまう。

皆の心境はよくわかる。正教を信じて来日し、伝道をつづけ、幾万という信徒を集めたニコライという存在は、あまりにも今回の犯人像とかけ離れすぎている。

しばし時が過ぎたところで、「なんだろうね」と鼎が口火を切った。

「このさい、ニコライは最初から犯人でなかったということにしないか」

「うむ……」

そうしようか、と言いたくなるのを押しとどめていると、「そうだ」と突然に柏亭が目を見開いた。

「これまで何かひっかかりがあったんだが、それにやっと気がついた。フョードルは黒衣のマントで姿を現したんだったな？　ここから、何か連想させられるものがないか？」

「ああ」と、これには杢太郎も手を打つ。

「そう。イ、エ、ズ、ス、会、士だ。フランシスコ・ザビエルとかのあれだね。そして、イエズス会は正教からすれば異端。もし、ニコライ教にイエズス会士が紛れこんでいて、ニコライがそれに気がついたなら――」

「手をかけることもありえると？」興味深そうに、鼎が視線を持ち上げる。

「ない」

これは、杢太郎がすぐさま結論づけた。

「実際のところ、ニコライは聖公会やカトリックの宣教師ともよく交流していると聞く。異国で耶蘇教を伝道するという意味では、仲間のようなものだったのではないかな。そして、イエズス会は知っての通りカトリック。たとえ異端であったとしても、殺すまでするだろうかね」

「よくわからないんだが……」

おずおずと、啄木が入ってきた。

「正教はイコンは認めていても、偶像崇拝は禁止なのだろうかね？」

杢太郎が目で頷いたところで、にわかに相手の語気が強まった。

「聖書によると、人は神の似姿として作られたそうだな。そうすると、人間は存在そのものが神の偶像だと言えはしないか。だから、こんな説はどうだ。伝道者たるニコライは、信仰にもとづき人間という偶像を破壊したのだと」

ほとんど八方破れの説だが、少し感心してしまった。

「きみは本当にときどき面白いことを言うね」

「とはいえ」

啄木がすっかり開き直った口調でつづけた。

「それならテロリストにでもなるほうが早いな。いやすまん、言ってみたかっただけだ」

まあ、と柏亭が取りなすようにあとをついだ。

「結局は、おなじみの議論に戻るわけだ。どうやって、不可能に見える犯行に及んだか」

「まず、フョードルのことは祈りの前に殺しておいたとしよう」

思考のままに、杢太郎は口を動かした。

「それから、祈りが終わったころあいに、なんらかの方法で鐘を鳴らす。でも、鐘楼を行き来するだけの余裕はないから……」

「外からピストルで鐘を撃つ」

啄木が大真面目に言ってから、

「それだと銃声のほうが目立つな」

と大真面目に訂正を入れた。

ここでニコライ説はうやむやになり、それからまた、立てつづけにさまざまな案が出た。

――早業殺人の線は本当にありえないのかな。

――階段を駆け上がり、それから駆け下りたというやつか？

――いや、皆で鐘楼を登った瞬間にやる。誰よりも先に登り切って、それからぐさりと。

――うまく即死してくれればいいが、すぐに後続も来る。フョードルは仰向けだったというし、いろいろな点で難しいだろう。

――そもそも情報が足りないんだよ。

――そういえば、正教が十字を切る仕草は左右が逆なんだって？

――どういうことだ？

――確かこうだ。額、胸、右肩、左肩の順。これは、西方教会とは左右が逆なのだとか。

――つまり？

――ナイフが逆手に持たれていたのは、それを示していたのではないか。

――それは自殺説のころの話だろう。第一、ナイフは順手だったんだ。

――ああ、そうか。

――死後硬直を利用して、死体に鐘を鳴らすロープを引かせる。杢太郎君、どうだい。

「……実現性の面で難しいし、検討するにしても、その現象が起きるまでには、確か六時間から八時間はかかったと思うよ。夕方ごろにニコライがフョードルを見ているから、ちょっと時間が足りないね」

杢太郎が答えたあたりで、全員が疲れ切り、すっかり無言になってしまった。

酒に強くない柏亭は頭が痛むのか、しきりにこめかみのあたりを揉んでいる。「わけがわからないな」と鼎が言うと、「ほとんど怪異だね」と柏亭がそれに応える。

「もはやどの段階だったかもわからないが、杢太郎君がこんなことを言ったね。これが通常の事件と違うのは、場所が聖堂で、そして関係者が皆、耶蘇教だと」

「うん。あれは、耶蘇教の論理を考慮しようという、その確認だったわけだが」

「耶蘇教の論理と言うなら、いっそもう、神罰という線も考えてみたくなってきた。フョードルは何かよからぬことをした。それに対して、この世ならぬ罰が下ったのだと……」

「本当のところ、ぼく自身、それで済ませたくなってきているよ。でも、いかに神罰とてナイフでの刺殺はないだろう。雷とかであれば、まだしもそれらしいのだけれど」

助けを求め、杢太郎は和室の戸口に目をやる。

はたして、あやのが空の盆を下げて一同を見守っていた。

「マリア様、助けてくれ」

李太郎の一言がおかしかったのか、あやのが片手を口に添えてくすりと笑った。

「それでは、恐れながら——。わたしからも一言よろしゅうございますか、皆様」

「きみにはわかるというのかな」

李太郎が問うと、おそらくは、とあやのが頷いた。

「今回の件は、慈愛の物語なのです。そのことが、物事を見えにくくしたのだと存じます」

五

「慈愛？」

無意識に口から出た問いは、そのまま宙に浮いた。

和室に入ったあやのが空いた食器を片づけて盆に載せた。それからすっと立ち上がると、

「さしあたり、犯人がどなたであったかだけ申しておきましょう。李太郎様がおっしゃったように、耶蘇教の論理に従うというのであれば、この事件は単純に整理することができましょう。まず、自殺ではなかった。そして外部犯でなかったことも、皆様は検討しておられま

したね」

「そうだったかな。いろいろな話が出すぎて、あまり憶えていない」

弱々しく言うと、あやのが微笑を返してきた。

「では残りのかたがたはいかがでしょう。ステファン様は輔祭から司祭になられ、ニコライ様はいまは大主教ですね。対して、パウェル様は破門されております。したがって、破門されたパウェル様が犯人ということになりましょう。聖職者殺しが禁忌である以上、おのずとそうなるのです」

それだけを言い残し、あやのは集めた食器を手に厨房に戻ってしまった。

首をひねると、向かいの啄木もまったく同じような恰好をしていた。「どういうことだろう？」とつぶやくと、「これで終わりなのかな」と柏亭も怪訝そうに口にする。それから、あやのが戻ってくるのを待ってみようという雰囲気が生まれた。

まもなくして、厨房からあやのが手ぶらで戻ってきた。皆の視線が集まったところで、

「それでは、順にお話しいたします」

戸口に立ったまま、あやのが啄木、鼎、杢太郎、柏亭の順に目配せを送って寄こした。

「まずわたしが考えましたのは、お亡くなりになったフョードル様のことでございました。体調が悪く、黒衣のマント姿であったということでありましたが……。そもそも、なぜフ

ヨードル様は殺されなければならなかったのか。ここに、この事件の要があるのです」

「それがさっぱりわからないわけだが……」参ったというように、鼎が頭を掻く。

「フョードル様は駿河台の聖堂に来る前、横浜のロシア兵俘虜の面倒を見ていたということでありました。ところで、明治三十三年ごろから、東京や横浜がたくさんの鼠を買い上げたことはご存知ですね。伝え聞くところによりますと、明治三十七年から一年間だけでも全部で四万円ほどもかかったとか」

「ああ！」

柏亭が突然に声を上げた。

「なるほど、そうすると……」

「どういうことだ。勝手に納得しないでくれよ」鼎が批難の目を柏亭に向ける。

「柏亭様はおわかりになったようですね。そう、ペストの流行です。これを抑えるため、あらかじめ病を媒介する鼠を駆除すべく、買い上げにかかったということでありました。その甲斐なく、横浜に感染者を出してしまったわけですが」

「つまり、フョードルの体調の悪さはペストの感染によるものだと？」

やや疑問に思い、杢太郎は目をすがめた。

「さすがに、そうとは断言できないのではないか」

「いえ、ペストでなければならないのです」

「なぜだろう？」

「杢太郎様、伝染病予防法についてはおわかりですか。十二条です」

ふむ、と杢太郎は姿勢を正し、記憶を探った。

「十二条。伝染病患者の死体は火葬すべし……ああ、そういうことか！」

「左様でございます」

あやのが静かに応え、その先をつづけた。

「ではふたたび、耶蘇教の論理に立ち返りましょう。敬虔な信徒であったフォードル様は、みずからの感染に気がつき、相当に思いつめたはずです。ペストはほとんど死病ですから、快復の見こみは薄い。ですが、火葬されてしまっては耶蘇教の死後の復活が望めない。フォードル様は、病が進行する前に、感染を隠して死にたいとお考えになったのではないでしょうか。ですが、自殺することは禁じられております」

「すると……」湿りがちに、杢太郎は口を開く。

「はい。つまりこれは、フォードル様がパウェル様に依頼した同意殺人であったのです。まず、フォードル様はパウェル様にご相談されたことでしょう。そしてご親友であったパウェル様はフォードル様の意を汲み、戒律に背いてでも、フォードル様のために動こうと決断された。それでは、パウェル様は具体的にどのような手段を講じたのか」

頭のなかで順序を組み立てているのか、しばらくのあいだ、あやのが虚空を見つめた。

「整理いたしましょう。まず、フョードル様のマントは、瘤といった腺ペストの症状を隠すためと考えられます。ですから、マントもぶかぶかでなければならなかった。そして夕べの祈りの前、鐘楼でパウェル様がフョードル様を刺殺します。ところで、ニコライ堂の独特な鐘の音は、八つの大小の鐘をロープで操って奏でられるものです。そのロープの一つに、パウェル様は新たなロープを結わえ、鐘楼の外側に垂らしておいた」

「つまりこうか」

柏亭が背後の壁に寄りかかり、落ち着きを取り戻した声で言った。

「祈りを終えたパウェルは、すぐさま至聖所の門を抜け出し、垂らしておいたロープをひいて鐘を鳴らした。そういう工作をしたのは、自分が疑われないよう、鐘の鳴った時刻に犯行がなされたと見せかけるため。そののち、素知らぬ顔で啓蒙所へ足を運んだ」

問題のロープは、と口にして柏亭がしばし考えた。

「ニコライと手分けして窓の外を確認したときに切る。片方は地面に落ちて紛れ、もう片方は鐘楼のロープに紛れる。これはあとで処理する」

「ステファン様がナイフを抜こうとするのをパウェル様が止めたのは、フョードル様のためではなくステファン様のためでありましょう。あれは、体液から感染いたしますから」

「いや、ちょっと待て」

鼎が何かを思い出したように制止をかけた。

「そうすると、あれはなんだ？　ステファンが目撃したという、黒衣の人物は……」

はい、とあやのが応え、それから物悲しそうな目を覗かせた。

「そこにこそ、慈愛が宿されていたのです」

「どういうことだ」

「ニコライ様のご発言を思い出してみてください。フョードル様の解剖を阻止したり、埋葬までやると申し出たのはニコライ様です。これは、フョードル様から感染が広がる事態を防ぐためと考えると腑に落ちます。つまり、ニコライ様はすべて最初からおわかりになっていたのです」

「ふむ？」

「フョードル様とパウェル様は、話をしながら聖堂に来たということでありました。このとき、ニコライ様は二人の計画を聞き及んでしまったのではないでしょうか。ですが、フョードル様の病のことや、鐘楼でフョードル様が殺されることくらいまでしかわからなかった。そこで、ニコライ様はパウェル様の覚悟を顧み、咎が及ばぬよう守ろうとお考えになった」

「つまりきみは、こう言いたいのかな」

壁に寄りかかったまま、柏亭が目つきを鋭くする。

「パウェルの祈りの最中、ニコライは外から忍び足で鐘楼に入った。そして刺されたフョードルのマントを着て、鐘楼から降り、その様子をステファンに目撃させた。さらに、外から鐘楼に戻って、ふたたび死体にマントを着せてやった。すべては、パウェルの献身に報いるために」

「だがそれは――」

犯人隠匿だ、とつづく声が出ない。そこに、あやのの声がかぶさってきた。

「左様です。マントを介し、みずからも死病に冒されるかもしれないのにです」

この一言で、皆、完全に黙りこんでしまった。

「ですが、ニコライ様とて主教というお立場にありました。パウェル様を許すわけにもまいりません。そこで、破門という措置をお取りになった。パウェル様も、それを理解して受け入れたのではありませんか」

「でも……」

口にしたきり、先の言葉が出ない。いかなる事情があれ、同意殺人は罪にあたる。犯人を隠匿することも、また然りだ。だが、自分にこれを断罪することができるだろうか。

李太郎の悩みは、そのままあやのに伝わったようだ。

あやのはふたたび微笑を浮かべると、和室の奥に目をやった。

「振り返れば、最初から啄木様は種をまいておられましたね。いまこそ、それをお願いできますか」

「うん」

謎めいたやりとりであったが、啄木は即座に答えた。

「あれだけ念を押したのに、どうしてわからないかな。言っただろう、ぼくは何よりも嘘の達人なんだって！　きみたちが思い悩むことなんか、実のところ、これっぽっちもありなんかしないのさ！　雁首揃えて、きみたちは本当にどうしようもないね――」

＊

半刻ほどのち、李太郎と啄木は寿司屋で並んで坐っていた。

最初は皆で活動写真でも観ようという話になったが、いざ出てみると、興行は終わってしまっていた。仕方なくビールを呑み、おのずと解散となりかけたところで啄木が李太郎の肩を叩いたのだった。

並んで寿司をつまんでいると、先ほどまでの話が嘘のようだった。

いや、あれは実際嘘であったのか――。いまさらながら気にはなったが、もう確かめるのも野暮に思える。

啄木が空になった猪口に向け、空になった徳利を上下させた。嘆息が聞こえた。

「きみには悪いが――」

啄木が切り出した。酩酊状態にあったため、やけに突然のことのように思える。

「こうして会には来たものの、ぼくはもう、芸術のための芸術は考えられないんだ。おそらくは、生活のための芸術に向かっていくことと思う」

「そんなきみだからこそ、来てほしかったんだがね」

「働きはじめてからのことはわからないが、ぼくの気質からすると、あるいは……」

ここで、啄木はそっと声の調子を落とした。

「社会主義に傾くことも、あるかもしれない」

「きみの自由だ。ぼくにとやかく言えることじゃない」

「ただ、これだけは約束する。きみたちに迷惑はかけない。今日、ぼくがこう言っていたこと、ちゃんと憶えていてくれたまえよ。ぼくが今日来たのは、青春の終わりの一つの記念のようなものだ」

すぐに応えられず、瞬きだけを返した。

それから、わかった、とだけ口のなかでつぶやいた。

「どうあれ、芸術はつづけるんだな」

「もちろんさ」

「ならば気が向いたときでいい。また来てくれよ。ぼくらは待ってる」

しばらく啄木は黙考した。それから、ちらとこちらを一瞥する。この時間を慈しむような、それでいて別れでも告げるような、そんな視線だった。すぐ隣が、遠く感じられた。

「もしかしたらね」ぽつりと、曖昧な返答があった。

「きっとだ」

啄木はそれには応えず、店の主人に向けて空の徳利を掲げ、追加を催促した。

覚え書き

野田宇太郎『パンの會』によると、石川啄木の最初で最後の出席となったのが、この第五回ということであるが、これには諸説あるようだ。また、啄木は歌人や詩人と呼ばれることを嫌っていた様子なので、その意向を尊重したかったが、ほかに書きようもないので「歌人」とした。最後の寿司は啄木の奢りで、啄木はどうだとばかりに日記に記しているが、杢太郎は『スバル』の編集で忙しかったのか、この日の記録を残していない。啄木が病により母や妻ともども落命したのは、このわずか数年後のことであった。ときに悲運の天才、ときに人間の屑として描かれるこの国民的歌人は、多面的で実像が想像しにくく、ひとまず近藤典彦氏による「石川啄木研究史大概」(『群像 日本の作家7 石川啄木』所収)を参考とした。日露戦争直後というこの微妙な時期のニコライ堂がどう運営されていたかは、大部分が、著者の想像によるものである。問題の鐘楼は関東大震災で倒壊してドームを破損させ、のちに復旧され、現在のニコライ堂の姿となった。震災前の鐘楼の鐘の数については、『東京復活聖堂畫帖明治三十八年增訂再刊』に記載を見出すことができた。日本正教会の創建者、ニコライは若くして来日し、古事記や日本書紀のほかにも、旅先で「暇だから」由井正雪の物語を読んだり、かと思えばドストエフスキーと交流があったりと、なかなか興味深い人物であったようだ。

主要参考文献

前回までの文献に加え、『群像 日本の作家7 石川啄木』高井有一他、小学館(1991)／『新潮日本文学アルバム6 石川啄木』岩城之徳編、新潮社(1984)／『新編 石川啄木』金田一京助、講談社(2003)／『石川節子――愛の永遠を信じたく候』澤地久枝、講談社(1984)／『啄木と私』秋山清、たいまつ社(1977)／『宣教師ニコライと明治日本』中村健之介、岩波書店(1996)／『ニコライの日記――ロシア人宣教師が生きた明治日本(下)』中村健之介編訳、岩波書店(2011)／『東京復活聖堂畫帖 明治三十八年增訂再刊』水島行楊編、大日本正教本會(1905)／『ユーラシア文庫19［増補新版］ニコライ堂小史――ロシア正教受容160年をたどる』長縄光男、群像社(2021)／『ニコライ堂遺聞』長縄光男、成文社(2007)／『ニコライ堂の人びと――日本近代史のなかのロシア正教会』長縄光男、現代企画室(1989)／『正教会入門――東方キリスト教の歴史・信仰・礼拝』ティモシー・ウェア著、松島雄一監訳、新教出版社(2017)／『知られていなかったキリスト教――正教の歴史と信仰』高橋保行、教文館(1998)／『神と悪魔――ギリシャ正教の人間観』高橋保行、角川書店(1994)／『東方正教会』オリヴィエ・クレマン著、冷牟田修二、白石治朗訳、白水社(1977)／『ユーラシア文庫2 正教会の祭と暦』クリメント北原史門、群像社(2015)／『復元 鹿鳴館・ニコライ堂・第一国立銀行』東京都江戸東京博物館監修、藤森照信、内田祥士、時野谷茂、初田亨著、ユーシープランニング(1995)

最終回

未来からの鳥

これは明らかに芸術のための芸術（ラール・プール・ラール）の完成である。(……)人類の自己疎外の進行は、人類が自分自身の全滅を第一級の美的享楽として体験するほどになっている。これがファシズムが進めている政治の耽美主義化〔美的知覚化〕の実情である。このファシズムに対してコミュニズムは、芸術の政治化をもって答えるのだ。

――「複製技術時代の芸術作品」ヴァルター・ベンヤミン

登場人物

木下杢太郎……詩人、劇作家、のちの医学者
北原白秋……詩人、歌人
吉井勇……歌人
石井柏亭……洋画家、版画家
山本鼎……洋画家、版画家
倉田白羊……洋画家
フリッツ・ルンプ……洋人、のちの日本文化研究者

事件関係者

森鷗外……小説家、評論家、翻訳家
大島久直……陸軍大将、教育総監
白河毅……陸軍少将、陸軍士官学校校長
田辺四郎……士官候補生
今井文吾……残飯屋
中村武雄……細民窟の住人
中村とき……武雄の娘

一

男が机の向こう側で椅子につき、背筋を伸ばしている。

充血した目をかっと見開き、その姿勢のまま微動だにしない。すでに事切れているのだ。

きれいに片づけられた机には、水が入っていたとおぼしきグラスと、それから小ぶりの空き瓶が一つあるのみ。

遠巻きに関係者らが見守るなか、鷗外は空き瓶を手に取ってみた。

暗褐色をしており、ラベルはない。蠟で封をされていたところを、指で押し破られた痕跡があった。覗きこむと、白い粉末がわずかに残っているのが見える。

「先生、何を？」

周囲の声には答えず、鷗外は机に両手をつき、「失礼」と男の下目蓋を押し広げ粘膜を見てみた。このとき、死体の口元からわずかに梅のような香りが漂った。

空き瓶に残った粉末を少しだけ指に取り、舐めてみる。金属の味に近いだろうか。

「法医学は専門ではないので、解剖を待ってみなければ確言できかねますが……」

遺体の目を閉ざしてやろうかと考えたが、見開かれた目に故人の強い意志のようなものが感じられ、どうしたものか迷わされる。

結局、そのまま机から離れ、皆に向けて身を翻した。

「おそらくは、青酸カリウム。覚悟の自決と考えられます」

陸軍士官学校の校長室である。

亡くなっている男は白河毅少将、学校の校長だ。校長だった、と言うべきだろうか。

鷗外がこの場に居あわせたのは、まったくの偶然であった。大島久直教育総監らとともに、士官学校で食事をしていたのだ。そこに突如、白河が死んだとの報が入り、これを聞いた大島が「優秀な軍医がいるから」と鷗外をひっぱってきたのだった。

そして校長室に来てみると、このありさまだった、というわけだ。

ざわつく関係者らは、最初、訝しむような目を向けてきたが、「陸軍省の医務局長、森軍医総監だ」と大島に紹介されたところで、皆、ぴたりと静まった。

「なぜ自決であると？」

その大島が、鋭い目つきを送って寄こしてくる。

「たとえば、水に毒物を混入されたというようなことは……」

「どんな毒物であろうと、よほどのものでない限り、通常は悶え苦しむものです。それがどうだろう。泰然と背筋を伸ばし、目を見開いておられる。覚悟の軍人の顔かと」

これで納得したのか、大島がぎゅっと口を結ぶ。

鷗外はふたたび机に手を伸ばし、問題の瓶を手に取った。

「ラベルがないのは危ないですな。これは、いざというときの自決用に？」

「白河は写真が趣味だったので、そのために持っていた可能性が高い。ラベルがないのは、おそらく小分けして売ってもらったからではないか」

「ふむ」

窓に向けて、瓶を掲げて透かしてみた。

特別な瓶というわけではない。ただ、一息に服める量ではなさそうだ。趣味の写真とやらに用いた残りを服んだのか、あるいは余ったぶんは捨てたか、そのどちらかだ。

「なぜ校長がこのような行為に及んだか、心当たりのある者はいないか」

皆に問いかけてみたが、反応は芳しくない。

顔を見あわせる者や、ひそひそと小声で話す者がいる。どうも、含みがあると見える。

「何かあるのか」

一声発すると、ぴくりと教官の一人が肩を震わせた。

「そこのきみ、教えてくれるか」

「いえ、わたくしは何も。ただ――」

「ただ？」

「朝、校長と挨拶を交わしたのです。そのとき、何か思い詰めているような様子だったもので、そのことがずっと気にかかっておりまして。ただ、理由となると、とんと見当がつきかねます」

「動機はわからぬのか。なぜ、このような平時に……」

誰も何も言わないのを受けて、仕方なしとばかりに大島が口を開いた。

「隠せることでもなかろう。実は、校長は前々より我が国の軍拡路線に、公然と異を唱えてきていた。かくいうわたしも、幾度も抗議を受けてきたので、これについては確かなことと言える」

「軍拡。それの何がいかんのです」

「日露戦争期には士官学校の生徒数が増え、卒業までの期間も短くされることとなった。つまり、兵の質が落ちたというわけだ。だから学校としては、自信を持って卒業生を送り出せなかった」

「ですがいまは違いますな？」

「うむ。修学期間は元の一年半に戻ったのだが、校長はそれでも足りぬ、フランスに学ぶというなら最低でも二年、できればもっと期間がほしいと主張してな。だがそれは、いくらなんでも……」

「そうしますと、白河校長は抗議の意から自決に及んだと？」

「たぶんな。白河のあの顔を見ていると、どうにも、責められているような気がしてならんのだよ」

ちらと亡骸に目をやってから、大島はばつの悪そうな顔を窓の外に向けた。

「こんなことをしても、決まってしまったことは変わらんというのにな」

大島の独白を受け、周囲の空気が少し弛んだ。

皆、このことを知っていて、口に出せずにいたのだ。だが、なぜだろうか。まだ何か隠されているような、そんな予感めいたものがある。

このとき、部屋に入ろうとして教官らに止められた者がいた。

年若い。おそらくは、ここの士官候補生だろう。「立ち入りはならん！」「いいから戻れ、田辺！」といった制止を突き破って、青年が声をはり上げた。

「なぜ、あのことをお話しにならないのです！」

手をつかまれ、つれ去られていこうとする生徒を、「待て」と呼び止めた。

「きみ、ちょっと話を聞かせてくれるか。名は田辺と言ったか？」

「は、田辺四郎と申します」

青年が答えると、教官が一人あいだに入って、生徒の流言などに云々と、そのようなことをごちゃごちゃ並べ立てはじめた。

それは無視して、そっと大島を窺ってみた。訝しげに眉間にしわを寄せており、青年の話の内容は知らないと見える。そこで、大島を味方につけることにした。

「閣下。この生徒の話、気になりませんか」

大島が首を上下させたところで、教官らも諦めて田辺を招き入れた。捨て台詞のように、「どうせ相手にされぬぞ」と誰かが漏らす。

刹那、田辺青年が校長の姿を見て、それから目を伏せた。

「自分が申し上げたいのは、実は、夢の話なのであります」

「夢。夜に見る夢か？」

鷗外が問いただすと、青年は急にどぎまぎしたように、

「ですが、その……。これは、皆が見た夢のことでもあるのです。全員ではありませんが、自分を含めた生徒多数や教官殿複数が、昨夜、揃って不可解な夢を見たという……」

本当かねと周囲を見回すと、教官のうち幾人かが、躊躇いながらも頷いた。

何やら妙な展開になってきたが、してみると、少なくとも田辺の話は嘘ではないようだ。校長の件とは関係がなさそうに思えたが、これにはさすがに気をそそられる。

「異な話と見える。それで、その夢というのは？」

「皆、それぞれ憶えている箇所は異なるのですが、おおむね、共通する部分があります。たとえば、奇妙な怪鳥がバリバリと空を切り裂くように飛んでいたとか――」

「ほう？」

「また、男が壇上で何か演説をしたり、ビラをまいていたりといったものです。不思議と、この場所で起きたことだと思えるのですが、建物はまったく異なり、もう少し立派なものでありました」

「この場所というと、士官学校のことかね」

「は。男の演説は不明瞭であったものの、とにかく、必死で何かを伝えようとしているのはわかりました。ビラの内容は誰も憶えていなかったようなのですが、自分は夢のなかでそれを拾って、憶えている箇所を筆写しました。どうかお目にかけたく」

そう言って、田辺が紙切れを一枚、鷗外に差し出してくる。

見ると、存外に達筆だ。大島がひょいと首を伸ばし、覗きこんできた。読んでいくうちに、自分が険のある顔つきになっていくのがわかった。

「なんとも言いがたい。いや、しかし、いくらなんでも……」

「怪しまれるのは当然です。ですが、どうしてもお伝えせねばと思わされまして」

「うむ。ほかに、校長のことで気がついたことなどはないか」

やんわりと矛先を変えてみると、しばしの間ののち、田辺が「友達が」ともごもご口を動かした。

「同期の者が、昼前、食堂の炊事場を訪ねる校長を目撃したそうです。なんでも、覇気のない亡霊のような佇まいであったとか。それで何があったのかと首を傾げておりました」

「炊事場というのは？」

「生徒の食堂につながる建物なのですが、なぜ校長は、そんなところを訪ったのか……」

話ができて満足したのか、田辺はようやくすっきりしたような顔をしている。それから教官連中の無言の圧力を感じたのか、「失礼いたしました」と校長室をあとにしていった。

しばらくのあいだ、居心地の悪い沈黙が覆う。

それから、大島がおずおずとこちらを向いた。

「先ほどの夢やらビラの文言やら、この話、きみはどう思うかね」

「正直なところ、皆が妙な夢を見たという現象は不思議で気をそそられます。ですが、このような超自然的な話はわたしの専門にありません」

そこまで言って、鷗外は手に持っていた紙切れをくしゃりと丸めた。

捨てようかとも思ったが、そこまでするのは無下に感じられ、懐にそっとさしこむ。

「皆が悪夢のようなものを見たというのは、たとえば、集団食中毒といった可能性はいかがでしょう。ですが、いずれにせよ、校長の件と関係があるとは思えません」

「ふむ……」

大島が物憂げな視線を天井に向けた。

鷗外の説明に納得しきった様子ではない。が、この奇妙な話についてはこれで終わり、と判断したのは察せられた。

考えているのは、おそらく、校長の自死を今後どう処理するかだろう。

二

うっすらと曇っていたのが、いまやっと、晴れ間を迎えた。

三月の風が、心地よく吹き抜けていく。

杢太郎は神田川を左手に、背広姿の小柄な洋人を伴って東を目指していた。以前も出席してくれた、フリッツ・ルンプ君だ。今日の〈牧神(パン)の会〉の前にと、杢太郎は神田猿楽町の安田旅館に寄り、そこを定宿とするルンプを迎えたのだった。

それから、二人でてくてくと川づたいに歩いているというわけだ。

ぽつぽつと画の話などをするほかは、おおむね無言だった。互いに気心が知れたゆえの、快い静寂とでも言うべきか。目的地の「第一やまと」に行く前に、少しだけ遠回りをして、隅田川の前に出た。

ルンプは川を向き、杢太郎は反対に街を向き、それぞれ川沿いの柵に寄りかかった。

ふと、懐のくしゃくしゃの紙切れのことを思い出し、取り出して眺めてみる。

昨日、往来でばったり鷗外と出会ったときに手渡されたものだ。二日前、鷗外が陸軍士官学校で事件に遭遇し、そのとき入手したものということだった。鷗外は杢太郎に事件のあらましを話すと、紙切れについてはこんなことを言った。

——無用のものなのできみに渡す。これは、わたしの領分ではないからな。

——でも、なぜぼくに?

——きみのような不可思議国の住人には面白いかもしれないと思ってね。

そう口にしたときの、鷗外のこちらを試すような顔つきが思い出される。それにしても、幾度読んでも面妖としか思えない文書だ。怪しいと言えば、これ以上怪しいものもない。しかしなぜか、心惹かれもする。いったい、これは何に由来するのか……。

ギイ、ギイ、と鳥の鳴き声が聞こえてきていた。

川沿いに、たくさんの白い鷗(かもめ)が羽を休めている。くちばしと脚が赤く、尾の先あたりが黒い。秋から春にかけて、このあたりでよく見る鳥だ。

傍らのルンプが、急に「アハ！」と、異国の感嘆詞を漏らした。

「あの鳥は懐かしいです！　まさか、日本でも見ることができるなんて」

「あれは前にもいたよ」

ゆっくりと川のほうへ身をよじり、杢太郎もドイツ語で応じた。

「前は見逃したんだね。しかし、似ているというのでなく、そっくり同じ鳥なのか？」

「ええ、それはもう！　故郷のポツダムでも、水辺で目にしたものです」

「なんと驚いたものだな。まさか、きみみたいなドイツからの渡り鳥というわけでもあるまいが」

「日本では、あれはなんと呼ぶのですか」

「百合鷗(ゆりかもめ)。そうだ、鷗と言えば、能楽の〈隅田川〉にちょうどこんな一節があるぞ。隅田川の舟の渡し守に、客としてやってきた狂女がこんなことを訊くんだ」

――あの沖に白き鳥の見えて候は、京(きょう)にては見ぬ鳥なり。あれは何と申す鳥にて候ぞ。

――あれこそ沖の鷗といふ鳥よ。

――よし浦にては千鳥ともいへ鷗ともいへ、隅田川の白き鳥をばなど、都鳥とは答へ給はぬ。

「〝白き鳥〟と言っているので、この鳥は都鳥ではなくって、百合鷗だと思うんだよね」

「能楽は、わたしはよく知らないのです」

「なんだろうね。曲という扱いだから、きみたちのオペラ（オーパ）のようなものかな。一概には言えないのだけれど、おおむね、シテと呼ばれる異界の者と、ワキと呼ばれる現世の者が出会う話が語られる。シテは天狗だったり亡霊だったりするけれど、生身の人間ということもある。これと交信できるのが、ワキという存在になる。いわば、彼岸と此岸を結ぶ歌劇とでもしたものか」

「あの両国橋みたいにですか」

川辺の柵に寄りかかっていたルンプが、視線だけ橋のほうに向けた。橋には線路が通っているほか、俥夫や物売り、物乞いたちがたむろしている。

間を置いてから、そうだね、と杢太郎は答えた。

「両国橋みたいにだ」

「〈隅田川〉の物語は、どのようなものなのですか」

「かつて子を誘拐された狂女が、京都からこの隅田川までやってきて、渡し舟に乗る。けれども、残念ながら子供はすでに亡くなっていた。母がやってきたちょうどそのとき、子が埋められている塚で、一周忌の念仏が唱えられているところだったんだ。弔う母の前に、刹那、子供の亡霊が現れたかと思われた。でもそれは、塚に生えた草にすぎなかった」

話を咀嚼するように、二度、三度とルンプがゆるやかに瞬きをした。

「なんでしょう、悲劇というのとも少し違う印象です。モノノアワレ、というやつですか」

そうかもしれないね、と李太郎は頷いてから、はたとある事実に気がついた。

「そういえば〈隅田川〉も三月の物語だよ」

「ちょうどこの季節ということですか」

「うん。〈隅田川〉の場合は旧暦だから、少しずれるのだけれどね」

そこまで話してから空を見上げた。そろそろ、夕を迎えようとするころあいだ。

どちらから言うでもなく、二人、両国公園に足を向ける。公園内で、原色のガラス越しに光を灯しているのが、いつもの「第一やまと」だ。引き戸をくぐると、女中のあやのが、「皆さんいらっしゃいますよ」と、和室へ李太郎らを案内した。

あやのに二人ぶんのビールを頼んでから、履物を脱いで和室を見回す。

白秋君、勇君、柏亭君、鼎君といった初期の面々に交じって、今回が初参加となる、洋画家の倉田白羊君がいる。

白羊はなぜか三味線を持ちこんでおり、べん、と弦の一つを弾くと、

「やあ、やっと来たね」

と破顔して李太郎らを見上げた。

白羊は飄々としているようで、その実、東京美術学校の次席卒。作風は、どことなく日本的な叙情をたたえた写実、といったところだろうか。そういえば、同じ学校を次席で出たのが、ここにいる常連の呑兵衛、鼎だ。見かけによらぬとは、まったくこのことだ。

そんなことを考えていると、もう一度、白羊が三味線を鳴らした。

「彼が噂のドイツからの客人か。ちょうど盛り上がってたところだ。お坐りなさいよ」

「どんな話だい」

腰を下ろしながら訊ねると、柏亭が白秋と勇を順に指さした。

「先日、そこの二人がちょっとした冒険をしてきたと言うんでね」

「ほう？」

杢太郎の脳裏をよぎったのは、かつて白秋や萬里、勇、それから与謝野鉄幹と巡った九州の南蛮文化探訪だ。白秋の『邪宗門』の、一つの原点と言っていいかもしれない。凝りすぎたせいで遅延に遅延を重ねたこの詩集も、やっと、明後日付での刊行の運びとなった。

おそらく、いやきっと、白秋の出世作となることだろう。

白秋は杢太郎にも本を出せと急かすが、どう言ったものか、才覚のありようのようなものが根本において異なるようだ。『緑金暮春調』という詩集の準備こそしているものの、予算面その他で未刊のまま。先延ばしにしているうちに、いち早く先陣を切られた恰好だが、それでかまわないと思える。どうも、自分は感情のありようが人と違うところがある。

冒険とやらについて話を聞くより前にビールが来て、白羊が杢太郎に挨拶を求めた。

「そうだね」

少し考えてから、杢太郎はグラスを目の高さに掲げた。

「では、来るべき白秋君の詩集の刊行を記念して」

——明治四十二年三月十三日。

晴れの日の夕暮れにして、白秋、勝負の季節。

パンの会の第六回は、杢太郎の宣言で改めて幕を開けた。

三

戸口付近に席を取った杢太郎は、さてと場を見回した。

座敷机の奥、主賓のように陣取っているのが白秋だ。机の向こう側は、奥から順に柏亭、鼎、ルンプ。こちら側は、勇、白羊、そして杢太郎だ。

酒に弱い柏亭は、すでに赤らんだ顔をしている。

やってきたばかりのせいか、皆の声が、夢うつつのようにおぼろげに聞こえ、頭に入っててこない。気つけにぽきりと首を鳴らし、李太郎は奥の白秋に問いかけた。

「それで、冒険というのは？」

「ああ」

白秋が猪口を手にしたまま、視線だけこちらに向けてくる。

「なに、数日前のことなんだがね。そこの勇君と、俥を雇って四谷の細民窟のほうへ行ってきたのさ」

細民窟――市内に数多くある、貧民街のことだ。

食うや食わずやといった人々の暮らすこうした地域については、これまで、記録文学の類いも出されている。しかし李太郎自身は、足を運んだことはなかった。

危険というのもあるが、それ以上に、憚られるからだ。

「……あまり感心はできないな」

この反応はあらかじめ読まれていたと見え、すぐさま白秋が返してきた。

「ああいった場所には、独特の美があるだろうからね」

「否定はしないよ。細民窟には細民窟の美があることだろう。だが、なんと言ったものかな。それは、そこに住む彼らのものであって、ぼくらのものではないと思えるんだ」

「あいかわらずだな。南蛮趣味を借用するのはかまわないのにか？」

そう言われてみると、にわかに自信がなくなってくる。

南蛮趣味は白秋にとどまらず、元は杢太郎が興味を持ち、白秋ともども用いてきたからだ。この問題に線をひくとするならば、全体、どのあたりになるのだろうか。

黙りこんでしまったところで、じっとなりゆきを見守っていた勇があいだに入ってきた。

「そう四角四面にとらえなさんなよ。きみの言う不可思議国ってやつさ」

降参だ。杢太郎はため息を一つついて、両手を持ち上げた。

「わかったよ、ぼくとて興味がないわけではない。四谷と言うと、つまり鮫河橋だね？」

ああ、と勇がこれに答えて、

「白秋君と俥夫を雇って見学へ行こうとなってな。で、服装をどうするかだが――」

「どうせ、余所者であることはあっさり見破られる」

白秋が勇の言をひきついだ。

「そういうわけで、いつもの恰好で勇君と落ちあったわけだ。俥夫と相談したら、ちょうど四谷のそのあたりがねぐらなので、土地勘もあるし、友人も多くいるということだった。これで、おのずと目的地が決まった」

二人が謝礼を弾むと言うと、俥夫もがぜんその気になった。

俥はすぐさま四谷へ向かうと、二人が知らぬような裏道、そのまた裏道と、あちらこちら案内して回ったということだ。饐えた空気のなかで物乞いが集まってくるのを、倬夫は手慣れた仕草で追い払いながら先へ進んだ。

「小さな子供が、何かの骨を一心にしゃぶっててな」

目を背けながら、勇がぽつりと漏らす。

「なんだか目に焼きついちまった。子供のそういう姿ってのは、どうもいけねぇや」

「おや。勇君らしからぬことを言うね」

杢太郎が指摘すると、勇は口先をすぼめ、「なんでぇ」とだけ漏らした。

「……あちこち家が傾いていて、それをつっかえ棒で支えてるんだ」

拗ねてしまった勇のかわりに、白秋が先をつづけた。

「なんだろうね。混沌としていながら、不思議と心落ち着く光景でもあった。悪臭はどうにも耐えがたかったけれど、どうしてか、故郷の柳川の水路が思い出された」

友人が多いという倬夫の話は本当だった。

行く道で知己の人間と会うたび、倬夫は彼らの生業を二人に伝えた。

「いろんな人がいたよ。屑拾いから傘直し、香具師、按摩、高利貸し、看板書き……」

――すごいね。よく全員を憶えていられるものだ。

白秋が驚いてみせると、

――こういう街では、どれだけ友達が多いかが、生きていく上で大きいんですよ。

と、倬夫は自慢気なような、自嘲を滲ませたような顔で話したそうだ。

「それはそうなんだろうね。ちなみに店はどのようなものがあった？」と杢太郎は訊ねる。

「小さな八百屋や魚屋、小道具屋なんかが目についたな。あとは路上の物売りだ。全体的に、思ったよりも活気があってね。煉瓦街なんかより、よっぽど元気かもな。とはいえ、倬夫の話では、だいたいの人間は多くて一日五、六十銭しか稼げないらしい。安いときはその稼ぎもないのだとか」

「木賃宿にも泊まれないね」

「それでも、無理をして宿に泊まる人は多いらしいぜ」

とんと座敷机に猪口を置いて、勇が話に戻ってきた。

「ま、一種の見栄だな。木賃宿は蚤や虱がひどいらしいがね」

「そういえば、前から気になっていたんだが……」

黙って耳を傾けていた柏亭が、おずおずと口を開く。

「なぜ、四谷に細民窟ができるんだ？　あそこは山の手だろう。市の中心近くで、立地も悪くない」

「それもそうだな」と鼎も首をひねる。

「ちゃんと理由がある」

よく訊いてくれたとばかりに、勇がぐいと身を乗り出した。

「と、まずは順を追って話すぞ。俥夫に案内してもらっているうちに、そろそろ腹が減ったなと、白秋君とそんな話をしていたんだ」

これを聞いた俥夫が、少し考える素振りを見せてから、

――旦那、それならおあつらえ向きの場所がありますよ。

と、いわくありげな台詞とともに、俥をひきはじめた。

どこへ行くのかと勇は少し不安にもなったが、白秋と顔を見あわせ、とにかく俥夫にまかせてみようという流れになった。

「で、どこへつれてかれたと思う？」

「どこです？」とルンプは興味津々だ。

「これがひどい家でな。家自体が傾いていて、屋根は一面が苔。それから、空き地に筵(むしろ)を敷いて米を干していたな。それから、丸まった猫が一匹。家のなかには桶(おけ)や樽(たる)、壺なんかが並んでて、そこに入っているのが商品だ。で、この中身なんだが」

刹那、勇が口を結んだ。

「……よそから出た残飯なのさ」

なるほど、と杢太郎は思う。そういえば、そのような稼業があると読んだことがある。なんとなしに負い目のようなものを感じ、杢太郎はビールのグラスを座敷机に置いた。

「食べたのか？」

「ぼくは遠慮願ったよ。でも、勇君は――」白秋が答え、横目に勇を見た。

「食べたさ。でなきゃ、なんのために行ったのかもわからねえしな」

おお、と皆が歓声で応える。

杢太郎の心中でも、この友人への見かたが変わってくるのがわかった。それにしても、育ちのいい白秋が残飯を食べたがらないのはわかる。しかし、それに輪をかけて育ちのいい勇が食べたというのが、矛盾しているようで不思議と腑に落ちる。

「ただよ」

ぽつりと言ってから、ばつが悪そうに勇が頭を掻いた。

「しばらくして、なんだか気持ちが悪くなっちまって、そのあとこっそり吐いた」

軽く笑いが巻き起こったあと、白秋が徳利を手に柏亭を向いた。

「それで、さっきの柏亭君の疑問なんだけどね。なぜ、四谷にああいう街ができたのか」

「ああ、そうだったね」すっかり忘れていたようで、柏亭が頭を掻く。

「その残飯の出所が、近くの市ヶ谷台にある陸軍士官学校なんだ。ああいう場所からは、たくさんの残飯が出るようだからね。芝新網町に同じような街があるのも、海軍大学校がそばにあるから」

はて、と杢太郎は一瞬ひっかかるものを感じたが、考える間もなく鼎が疑問を述べた。

「だがよ、どうやって残飯なんか調達するんだ？　まさか盗みに行くわけでもあるまい」

「残飯屋の主が今井文吾という人でね。勇君が食べているあいだ少し話をさせてもらった。どうやら、正面から調達するそうだ。大八車に桶やら樽やらを積んで、士官学校に入る。で、金を払って残飯を仕入れるという話だ。兵隊飯だなんだと、なかなかに人気らしい」

「どんな食事なのですか」訊ねるルンプの表情は、少し曇っている。

「そうだね、ざっと見た限り……。まず米。漬物の切れ端やパン屑。魚の粗。まあ、だいたいこんなところかな。丼や飯櫃、桶なんかを手にした客が次々にやってきたよ。ただ、残飯の出る量は日ごとに違って、前は、学校から残飯が出ない日には人々が飢えたりなんかしたらしい。でもこのごろは生徒の数も増えて、そういうことも減ってきているようだけれど」

「そうですか……」

ルンプが語尾を萎ませた。

気味悪がっている様子ではない。むしろ、人々に同情を寄せているようだ。ついでに、ほかの皆の反応も窺ってみた。柏亭は神妙な顔つき、鼎は我関せずといった風情だ。白羊は伏し目がちに、三味線の上棹のあたりを弄くっていた。

くい、と勇が猪口を空けて白秋を向く。

「で、あの話はしねえのか？」

何やら思わせぶりな口調に、皆の注目が白秋に集まる。

少しやりにくそうな顔をしつつも、うん、と白秋が頷いた。

「それなんだけどね。この今井という残飯屋の主人に、妙なことを頼まれたんだ」

「妙なこと？」

杢太郎は鸚鵡返しに訊ねたが、しばらく答えがない。

記憶を整理しているのか、白秋が視線を宙に泳がせた。

「なんでも、会ってやってほしい人間がいるということだった。まず、中村武雄という男が近くに住んでいる。それで、もし街の外から誰かやってきたならば、呼んでもらって話をさせてほしいと彼が訴えていたそうなんだ。そうは言っても、外部から人が来ることなどめったにない。忘れかけていたところに、ひょいとぼくらが来たというわけだ」

頼みを聞かされた白秋が迷っていると、倖夫が横から口を出してきた。

――そいつならこの近くの小屋に住んでますよ。悪い男じゃない。一つ行ってみますか。

「それで、話を聞いてなくてわけもわからないままの勇君をつれて、小屋へ向かうことにした。途中、残飯にあたったのかどうか、気分が悪くなってきたと言って勇君がそのあたりに吐いた」

そして俥で二、三分ほど、白秋らは中村氏の待つ小屋へと着いた。

「小屋と言うべきか、十尺ほどの板囲いと言うべきか……」白秋が語尾を弱める。

「ありゃ人間の住むところじゃねえな」

ずばり、勇がそんなふうに言った。

おそらく、これが普通の感性だろう。でも、現に人間が住んでいるのだ。杢太郎は胃のあたりに何かが重く垂れこめるのを感じたが、言葉にはできなかった。それはたぶん、調和を優先したからだ。

そして思う。あるいはここらあたりに、自分の詩人としての限界があるのかもしれない。

「もう少し詳しく教えてくれ」

とん、と鼎が机を指でつつき、杢太郎の意識をひき戻した。

「何も空間を板で囲っただけってわけじゃないだろう。どういう住まいだったんだ?」

「ああ。それはね――」

いわく、床は低く、ほとんど地面に接していた。

柱がかろうじてといった風情で屋根を支え、畳はあるにはあるが、あちこちがささくれ、その片隅には小さな仏壇が一つ。

「仏壇があるのか」

ぽつりと柏亭がこぼすと、あったね、と白秋が低く答えた。

「祖神、祖仏を大切にする点は変わらないようだ。もしかすると、ぼくらよりも大切にしているかもね。あとはどうだろうな。釜は欠け、椀は剝げていたな。それから、火鉢がわりに使われているらしい、欠けた擂鉢。なぜか古い金網の杓子なんかも目に入った。ほかにもあったと思うけれど、だいたいこのあたりが家財道具だ。そして――」

先の言葉を呑みこむように、うむ、と白秋が喉の奥からくぐもった声を漏らした。勇も無言だ。皆に促されて、白秋が目を背けながら先をつづけた。

ささくれた畳に、亡くなった小さな娘が一人、仰向けに寝かされていたのだという。中村年のころは七、八歳。顔を覆う布さえなく、娘は畳にじかに寝かされ、その傍らで、中村武雄氏が放心したように坐りこんでいたとのことだった。

遺体は、不思議と血色がよく感じられ、一目見て死んでいるとは信じられなかった。

「血色がいい？」

白羊が問うと、そうなんだよ、と白秋が応じた。

「生気が感じられるというか……。少なくとも、隅田川を流れてくる死体とはだいぶ趣が違った。ちょっと話が前後するんだが、あとで親父さんに頼まれて死体の状態も見せてもらった。死斑っていうのかな、それも紫の痣のようではなく、鮮やかな赤でね。少し、ねばねばした涎が口元から垂れていて、それでやっと死んでいるとわかるような、そういう印象だった。ときという名の娘さんだったそうだ。急に、その日の昼ごろに亡くなってしまったのだとか」

「ふむ……」

李太郎は口元を覆って、

「それで、その中村という男の訴えというのは？」

「まず倬夫がぼくらを紹介し、それで親父さんも話しはじめた。それによると、街の人間は皆、病気か、栄養状態が悪かったのだろうと口を揃える。いずれにせよ、遅かれ早かれ、娘さんは荼毘にふされる。その前に、外部の人間に見てほしかったそうだ」

「なぜ？」

「娘さんは殺されたのだと言うんだ。その親父さんによると――」

――このような住まいだが、最低限の食事はしていたし、娘も病気なぞしていなかった。

――それまでは元気であったと？

――頼む。誰も話を聞いてくれないし、警察もこんな街まで手は回してくれない。このままでは、何もなかったことにされちまうんだ。娘は殺されたのだと、どうかそれを証明してくれないか。

「親父さんの話が真に迫っていてね。だからこれは無視できないと思い、娘さんの状態を見たり、その後も、俥夫の案内でいろんな人に話を聞いてみたりした。でも……」

刹那、白秋が目を伏せた。

「ぼくには、杢太郎君やあやのさんのような知識も洞察力もない」

白秋の思わぬ一言に、打たれたように固まってしまう。その彼が、静かに先をつづけた。

「結局、ぼくには何もできなかった」

四

和室の戸口から料理の香りが漂ってきた。

あやのが部屋に入ってきて、盆から厚手の深皿を配りはじめる。よほど熱いのか、あやのは布越しに皿を持ち、一人ひとり、スプーンとともに配膳していった。

「フ、フ、フランス風おこげの当店風でございます。熱いので気をつけてお召し上がりください」

そういえば、いつの間にやら料理選びはすっかり店まかせだ。

「こいつは面妖な代物が出てきたな」

見るなり、勇がそんなことを言う。

皿には白い粘土状の料理が焦げ目を作り、湯気を立てている。上に散らしてある緑の和蘭芹が、いかにもいい色あいだ。そして、食欲をそそる香り。が、勇は口の端を曲げたままだ。

その様子を見て、杢太郎はくすりと笑った。

「これは知っている。フランスのル・グラタンだね？」

「ぼくも食べたことがある」

と柏亭も重ねて、

「ただ、スープみたいに思えて食事をした気がしないんだよな……」

あやのを窺うと、何やら謎めいた微笑を浮かべている。どうやら、まだ秘密があるようだ。いかにも熱そうというのもあり、一同がまごついているなか、えいやとばかりにルンプがスプーンを口に運んだ。

これで少し様子を見てみようという空気が生まれ、皆、毒味役のルンプの反応を待つ。

「ほう！」

ややあって、ルンプが感嘆の声を上げた。

「おいしいです。しかも、この料理、わたし食べたことありません！」

どれとばかりに、杢太郎も料理に匙を入れる。

想像していたのと違う食感に、やっとその正体がわかった。口に入れてから、ほ、と熱を外に逃がす。しばらく舌の上で転がし、味わった。

なるほど、これは当店風に違いない。

「入っているのはピラフだね？」

皆の反応が期待通りだったのか、あやのは少し嬉しそうだ。

「マカロニを入れることが多いようですが、巷のマカロニは本場のものとだいぶ異なるとのことです。柏亭様がおっしゃったように、満足感が足りないと感じるかたも多いとわかりました。それならば日本風に米を入れてみてはどうかと、うちのコックが言い出しまして」

周囲からも、「へえ」「これは面白いね」「いや、うまいよ」などと声が聞こえる。

恐るおそるといった調子で勇がスプーンを口に運び、感心したように眉を上げた。

それから、これにあう酒はなんだろうという話になり、めいめい、ウイスキーやらビールやらを追加で頼む。あやのは注文を確認してから、それではごゆっくり、と厨房へ戻った。

「それで、なんだっけ。酔って度忘れした」真面目な顔で、鼎が堂々と宣言する。

「白秋君が不甲斐なかったという話さ」

みずからもその場にいたというのに、勇が自分を棚に上げてそんなことを言う。

「まずは李太郎先生の見解を聞いてみたいところだが、どうかな」

む、と声を出して、しばし考えを巡らせた。

〈隅田川〉のことを思い出す。そういえば、あれも子が喪(うしな)われる話だ。

「……娘さんはそれまで元気だったということだが、子供が突然に亡くなるのは、残念だがないことではない。季節柄、日射病はないとして、たとえば心臓病。一応、脳出血の類いも疑っておくか。でもこれらは、死斑が赤紫や赤褐色だったか……。色あいから強いて言うなら、凍死だが」

「それはない」

「うん、なさそうだね。白秋君の直感では、なんらかの異常死ではあるんだよね。まずは親父さんの訴え通り、殺されてしまったのだとしてみようか。白秋君は亡骸を見たということだけど、外傷はなかったかな。たとえば刺された傷とか、首を絞められた痕跡とか」

「ぼくが見た限りでは、それもなかったと思う」

「とすると、顔に布か何かを当てられての窒息死かな。いや、それだと死斑は紫色だったかな。それが、鮮やかな赤色だったということは――」

ここまで話してから、ふいに、気味の悪い予感めいたものがよぎった。

「ガス中毒。一酸化炭素や、……それから、青酸の類いが考えられる」

大丈夫か。

何か、予断に囚われてはいないだろうか。もう少し考え、白秋の話を思い出した。

「粘性の涎は、青酸中毒の特徴だったと思う。あくまで可能性としてだが……。白秋君、遺体の口元から梅のような香りはしなかったかな」

「酷だから言わなかったが、どぶ川に浸かったみたいな悪臭だったよ。それ以外の匂いがまるきりわからないくらいにね」

「しかし、おかしな話だな」

斜め向かいの鼎が、肘をついて手のひらで顎を支えた。

「場所は細民窟だったんだろう。毒物だとしたら、どうしてそんなものが使われる？　誰かを殺すなら殺すで、刃物でぐさりとでもやるのが自然なようにも思えないか」

ひどい先入観のようにも思えたが、鼎の疑念ももっともだと考え直した。

事件があったとしても、闇へ葬られるような地域である。そこであえて、面倒な毒物など調達する理由はあるだろうか。

「とっかかりがないというか、もう少し状況を知りたいな」

さりげなく口元を拭ってから、柏亭が話に加わった。

「白秋君、娘さんの死体が見つかったのは小屋のなかでのことなのか？」

「仕事先らしい。屑拾いか何かわからないが……いや、養鶏場か何かと言っていたな。とにかく、外で死んでいるのが見つかったそうだ」

「とすると、狭い小屋の火鉢で一酸化炭素中毒、といった線もなさそうだね」

難しい顔をしながら、柏亭が腕を組んだ。

「いや、杢太郎君を信じるなら青酸か。ならば自殺もなさそうだ。子供がそんな毒物をどこで手に入れたのかという問題がある。しかし、殺しだとしても理由がわからないな」

「それなんだけれども」

そう切り出してから、白羊が膝に置いていた三味線の位置を直した。

「言いにくくて憚られていたんだが……一連の出来事があった場所は、その、細民窟だったのだろう？　それなら、口減らしという線は考えられないか」

「貧困を理由に、親父さんが娘さんを殺した？」

見たくないものでも前にしたように、勇が右手で目を覆う。

「ぼくには、とてもそんな男には見えなかったけどな」

「そういうことなら、もう少しひどいことも考えたよ」

白羊にあと押しされるように、杢太郎もうっすら考えていたことを口にした。

「いわゆるもらい子殺しだ。子供をよそからひき取って、謝礼金をもらい、しばらく育てたのち、忘れられたころに殺してしまう。こういうことも、なかったとは言い切れない」

わずかな間ののち、「怖いねえ」と勇がわざとらしく身体を震わせた。

「きみたちもたいがい悪人だな。でもよ、それなら親父さんは殺しだと言わんだろう」

「ふむ、それはそうか。珍しく理のあることを言うね」

「一言余計なんだよ」

勇がそっぽを向いたところで、白秋があとをひきついだ。

「娘さんは仕事をしていた。家の収入源じゃないか。親父さんに殺される理由はない」

ここでふと、向かいのルンプが何か言いたそうにしているのがわかった。が、本人は周囲の日本語についていくのが精一杯のようで、切り出せる瞬間がないようだ。

手を差し伸べようか迷っていると、鼎がややうんざりしたように右肩を回した。

「でもな。動機というならいくらだって考えられるだろう。たまたま一円札を拾ったところを見つかって奪われて殺された。単なる子供同士の喧嘩の結果。声がうるさくて疎まれていた。はたまた、子に恵まれなかったどこかの夫婦の逆恨み。こんなの、考えるだけ無駄ってもんだ」

「それにしてもおかしいな」

鼎につられたのか、柏亭も同じように肩を回す。

「一円札であれなんであれ、動機と殺害方法が嚙みあっていない印象を受ける。青酸なら青酸で、どこでそんなものを手に入れるんだ」

「写真屋とか、メッキ工場とか、だいたいそのあたりかね」抑揚なく杢太郎が答えた。

「そこなんだよ。入手する経路が、細民窟とかけ離れていないか」

「それなのですが」

と、ここでやっとルンプの出番となった。

「猟奇殺人はどうですか。だから、犯人は外部の誰か」

「どういうこった？」料理を食べ終えた勇が、そっとスプーンを皿の内側に置いた。

「快楽のために、子供を殺した誰かがいたと言うんだろう」

通訳というわけでもないが、代弁するように杢太郎はルンプの言を補った。

「そして、その手段に青酸が用いられた。細民窟の子供を狙ったのは、事件が闇へ葬られるのを見越してのこと。そういうことを考えるのは、そして毒物を入手しやすいのは、細民窟の外の人間。それで〝外部の誰か〟ということだ」

「ふむ。それならまだ腑に落ちる」

柏亭が理解を示すのとほぼ同時に、鼎が唇の片側を持ち上げた。

「だが、そうすると犯人が絞られるな」

「なぜだい？」とこれは白羊だ。

「残飯屋の主人がこんなことを言っていたそうじゃないか。〝外部から人が来ることなどめったにない〟ってね。逆に言うなら、その日、外から来た人間は二人を除いていなかったと考えられる。白秋君、勇君、犯人はきみたちのどちらかか、あるいは両方だ」

「それは――」

白秋と勇の声が重なる。重なるが、二人ともつづく一言が出ない。ややあって白秋が声に出して笑った。

「うん。それはいいね。なんというか、美しさを感じる」

「美しければいいってもんじゃやねえ」

鼎の冗談だとわかっていながらも、勇がぼやく。

「ぼくら二人は互いに監視しあってたようなもんだ。まあ、白秋君ならやりかねないかもしれないが、無理ってもんだろ」

「それに俥夫の目があるね」

柏亭はあくまで真面目な顔つきだ。

「俥夫はそこの住人なのだろう。ならば、白秋君の凶行を見過ごしはしまいよ。買収くらいはできるかもしれないが、そもそも、娘さんが亡くなったから俥夫はきみたちを親父さんの小屋まで案内したのだろう」

「確かにそうだね」とそれだけ言って、白羊がスプーンを口へ運んだ。

このあたりから議論は錯綜しはじめ、皆なんらかの説は出すものの、どうも切れ味を欠く。あやの登場が待たれる雰囲気にもなったが、李太郎としてはやはり、その前に一つ確認しておきたいことがあった。

「ちょっと訊ねたいのだが、きみたちが四谷へ行ったのはいつのことなんだ？」

問われ、白秋が一昨日のことだと答えた。

三月十一日――。あの日と一致する。だがこれは、あえて話すようなことなのか、それともそうでないのか。

李太郎はしばし躊躇い、首の横を掻いた。

「どうしたのです？」

よほど複雑な顔をしていたのか、正面のルンプに問われる。これで李太郎も腹を決めた。

「ちょっと、別の話をさせてもらってもいいか。ただ、なんと言ったものか……。たぶん、きみたちには異なことと映ると思う」

でも――、と李太郎は言い淀みながらもつづける。

「ぼくには、どうしても二つが関係しているような気がしてならないんだ」

皆の無言の同意が感じられる。

そこで、杢太郎は例の話を切り出すことにした。一昨日、鷗外が遭遇したという事件だ。市ヶ谷台の陸軍士官学校で起きたという校長の自死。そしてそれが、青酸によるものであったこと。

関係者が見たという奇妙な夢については、場を乱すと判断して省き、それ以外のおおよそを杢太郎は皆に伝えた。

「鷗外先生の見立てでは、自殺という点では間違いないらしい。問題は――」

「空になった青酸の瓶だね」拳を口元にあてて聞いていた白羊が、先取って指摘した。

「つまり？」勇が両眉を持ち上げる。

「瓶の毒物は一息に服める量ではなかった。あれだよ。余りが生じるんだよね。先に趣味の写真に使ったならばいい。でも、そうでないなら残った毒物が流出した可能性がある。杢太郎君、そういうことだろう？」

確認を求められ、うん、と杢太郎は頷いた。

「そして細民窟は士官学校の残飯によって成り立っていて、その目と鼻の先にある」

この符合は、さすがに一同も気になったらしい。あちこちから、「ううん」だの「いや」だのと声が漏れてくる。

白秋が姿勢を崩し、耳のうしろあたりに手をやった。

「その士官学校の校長とやらは、炊事場に出入りするところを目撃されたんだね？」

李太郎が頷いたのを受け、白秋がつづけた。

「そして、こんなこともあったな。勇君が細民窟で残飯を食べ、気分を悪くして戻した」

しばらく一同が黙し、それぞれに考えを巡らせているのがわかった。

皆が検討しているのは一つだろう。

残飯への毒の混入だ。李太郎の頭にも、その考えはよぎった。ありえそうにはない。ありえそうにないが、白秋の結んだ線が、強く感じられるのも確かなのだった。

鼎が腕を組んで、そのまま伸びをするように天井を仰いだ。

「では仮に、白河校長が残飯捨て場で青酸を処分したとしてみようか」

「なぜそんなことを？」

柏亭の問いに、「そんなもんわかるかよ」と鼎が顔をしかめた。

「とにかく、なんらかの理由で、余った青酸が残飯に混入された。それが業者の手を経て、四谷の残飯屋で売られたとして……」

「街の住民が全滅するね」

混ぜっ返すように、白秋が口角の片側を持ち上げた。うむ、と鼎もそれに応えて、

「勇君の気分が悪くなったのは、やはり、慣れぬものを食べたせいかね」

「待ってください」

ルンプがあいだに入ったが、つづく日本語を探っているのか、しばらく視線を泳がせた。

「子供、身体が小さいです。だから――」

「致死量の問題だね」

もどかしそうなルンプのかわりに、李太郎が先をひきつぐ。

「大人は気分が悪くなる程度でも、小さな子供はわずかな毒物で死ぬ。とはいえ……」

「妙だね」

白羊が三味線の上棹のあたりを爪弾き、音が狂っていたのか、ぐいと糸巻きを締めた。

「こんな珍説が出てくるのも、校長が炊事場なんかに出入りしたという証言があるからだ。そもそも、校長はなぜそんな行動を取ったんだ？　こっちのほうが、よほど不自然じゃないか。とりあえず四谷の件とは別に、このあたりを整理してみたい。このままじゃ、どうもごっちゃになってかなわない」

これは、白羊の言う通りかもしれない。

「そうだねえ」

語尾を伸ばしてから、ふと白秋が悪童めいた笑みを浮かべた。

「まあ、炊事場に毒を持っていく理由なんて一つだな。生徒たちの食事に、毒を混ぜるためだろう」

「……生徒が死んだという話はないぞ」

呆れながら指摘すると、「まあ聞きたまえよ」と白秋がのんびり応じた。

「さっき、きみたちの誰かが言っていただろう。口減らしさ。ただ、こちらはもっと大胆な、大規模な口減らしだ。校長は、生徒数の増加とそれによる兵の質の低下を嘆いていたのだろう？　ならば逆転の発想だ。生徒が多すぎるというなら、減らしてしまえばいい」

「いや」

反射的に口が開いたが、たちまち虚しさに負けて頭を抱えてしまった。

白秋はこちらを面白そうに眺めながら、悠々と先をつづけた。

「とはいえ、校長も鬼ではなかった。魔がさして瓶を炊事場まで持っていったはいいが、生徒たちを殺すのも忍びなく、抗議の自決というふうに手段を変えた」

「なるほど謎が解けたな」毛ほども信じていないくせに、勇が付和雷同する。

「量が足りないね」

反論するほどのことでもないが、杢太郎は一応釘を刺しておくことにした。

「青酸カリウムが入っていたと考えられるのは小瓶。鷗外先生によるなら、一息に服むには多すぎる程度だ。これでは、生徒らを殺戮することは難しい」

「すると、きみは校長が炊事場に出入りした理由がわかるんだろうね？」

逆に白秋に問われ、言葉につまってしまった。

うなり、腕を組んでいると思わぬところから援軍が来た。柏亭だ。

「それなら説明できるよ」

軽い口調に、かえって頼もしさがある。これで皆、自然と耳を傾ける態勢になった。

「たぶん、こういうことだろう。校長は瓶を手にしたのはいいものの、服めないぶんは捨てる必要があった。なぜって、瓶にはラベルがなかったからね。それを残してしまうと、誰かが砂糖か何かとでも間違えて、口にしてしまわないとも限らない」

「ふむ。それで？」鼎が横目に柏亭を窺う。

「危ないと思うなら、床にでもばらまいて捨ててしまえば間違いない。だけれど、校長はちゃんと処分してそれを見届けたいと考えた。でも、そうすると問題が生じるんだ」

「問題も何も、そんなもん、どこにでも捨てればいいじゃないか」と勇が首をひねる。

「簡単に言うが、本当にそうか？　校長は誰にも危険が及ばないようにしたかった。そうすると、候補は何か。まず、厠。だけどあれは汲み取りだから、内部でガスにでも変わって危害をもたらさないとも限らない。そう考えると、ごみ捨て場も避けたい。もし、焼却する者が煙を吸ったらどうなるか。たぶん大丈夫だろうが、確証は得られなかった」

あとはそうだね、と柏亭が穏やかにつづけた。

「残飯捨て場もない。残飯が細民窟に卸されることなんか、校長はちゃんと把握していただろうからね。そんな場所に捨てたら、それこそ人殺しになりかねない。すると残るは一つ。下水だよ。下水に捨てれば間違いはないだろうし、充分に薄められて川へ流れるわけだ。となると――」

「下水に流されるのは生活用水」

これには、杢太郎が答えを出した。

「学校に浴場や手洗い場はあったろうが、たまたま、一番近かったのが炊事場だった」

「そういうこと」

柏亭が軽く頷き、一同を見回した。

「校長の行動をまとめると、まず炊事場へ行って瓶の蠟を押し破り、いらないぶんを下水に流す。このとき、炊事場との行き来を目撃される。ただごとではない顔をしていたのは、自決の覚悟を決めていたからだろう。あとは校長室に戻り、用意しておいたグラスの水で一息に服む」

一連の説明を咀嚼して、杢太郎は心中で頷く。だいたいのところ、矛盾はなさそうだ。

それぞれが頷きあうなか、白秋一人が口先を尖らせた。

「しかしなんだね。まともな見解というのは、どうもつまらぬものだ」

「きみは少し黙っててくれるかな」

杢太郎がそう言ったところで、

「てことは、なんだい」

と、勇が高い声を上げた。

「結局のところ、士官学校と四谷の事件は関係がないってことか」

「それなんだがね……」

躊躇いながら口を開くと、まだあるのかとばかりに皆がこちらを向いた。

「白秋君。亡くなった娘さん、ときという名前だったかな。彼女は仕事に出ていたという話だったね？」

相手が頷いたのを受け、杢太郎は次の確認に入る。

「そしてそれは、養鶏場の関係だった」

また白秋が頷く。

「遺体からは、どぶ川のような臭気がした」

「そうだが、それが何か？」

「……きみたちの探検は路地だったから見なかったのだろうが、細民のうちには、このような仕事があるんだ。流れ残飯拾い、とそう呼ばれている。使う道具は、金網のついた杓子だ。あとは何か容器があればいい。おおむね、女子供がやる仕事だそうだ」

李太郎はいったん目をつむり、嘆息した。

「まず軍隊や学校に裏門から忍びこんで、下水道に群がる。それから、流れてくる飯粒を拾うらしい。さすがに、これを食べることまではしない。かわりに、養鶏場に持ちこんで買い取ってもらうようだね。問題は、この下水だが……」

「そこに毒が流れてきたのだと？」柏亭が鋭い視線を向けてくる。

「正確には流れてこない。青酸カリウムは、水に溶けると青酸ガスを発する。地面に溝を掘って川に流すだけの、そのへんにあるような下水だったならよかったが、下水道となると閉ざされた空間だ。もし、その娘さんの運が悪ければ、あるいは……」

ここでふと背後に気配を感じ、李太郎は言葉を止めた。

振り向くと、真剣な面持ちをしたあやのが両手に盆を下げていた。彼女に向けて、問う。

「どうだろうか、あやのさん。ぼくは、これが真相だと思うんだが」

しばらくの間があったのち、はい、と低い返事があった。

「恐れながら、柏亭様と李太郎様のおっしゃる通りかと存じます。僭越ながらお待ちしておりましたが、無用の心配であったようでございます」

自分で答えを出しておきながら、耳を疑う。

それからじわじわと実感が湧いてきた。はじめて、あやのを待たずして解決できたのだ。

「やったぞ！」

我知らずそう叫んでから、人が死んでいるのだと思い至って頭を垂れる。が、そこに「やったな」と柏亭がかぶせてくる。ルンプも笑顔だ。白秋だけは、あやのの話を聞きたかったのか、どことなくつまらなそうに横を向いている。

「やあ、遅れてすまん！」

そこに新たな声がかかり、田中松太郎氏が戸口に顔を出した。元は画家になりたかったが諦め、ヨーロッパの技術を用い、三色活版なるものを開発しているという男だ。それから立てつづけに彫刻家の荻原碌山が、さらに時を経て、帝大英文科の島村盛助も場に入ってくる。

酔いも手伝い、そこからはわけがわからなくなってきた。

狭い和室に十人が寿司づめとなり、ひたすらに画や文学の話がつづく。ぼんやりと皆の話を聞くうちに、感傷めいたものがよぎった。いやはや、この会も大きくなったものだ。

それにしてもこう人が多いと、まだ三月だというのに、暑い。

「ちょっと外の風に当たってくるよ」

李太郎の一言を、誰かが聞いていたかどうかはわからない。

履物をひっかけて、そのまま店の外側へ回った。だいぶ呑んでしまったようだ。頭がぐらぐらするのを感じながら、空を仰ぐ。夜の帳(とばり)の下りた両国公園の木々が、黒く空を縁取っている。植物の気配が心地いい。背後からは、「第一やまと」の原色のガラス越しの光が射している。それが、やたらと明るく感じられた。

その光を頼りに、李太郎は懐から例の紙片をもう一度取り出し、読んでみた。

怪鳥が飛ぶその下で、男がまいていたビラということであったか。士官学校の生徒が夢の記憶を頼りに書いたという文章は、途切れ途切れで、不明瞭でもある。

こんな文面だ。

――われわれは戦後の日本が、経済的繁栄にうつつを抜かし、国の大本を忘れ、国民精神を失ひ、本を正さずして末に走り、その場しのぎと偽善に陥り、自ら魂の空白状態へ落ち込んでゆくのを見た。

戦後――。日清か、あるいは日露戦争か。だが、文面はこうつづく。

――政治は矛盾の糊塗、自己の保身、権力慾、偽善にのみ捧げられ、国家百年の大計は外国に委ね、敗戦の汚辱は払拭されずにただごまかされ……。

生徒の記憶が曖昧だったのか、文章はいったん途切れる。が、そこではない。

敗戦。

はっきりと、そう書かれている。冷ややかに見るならば、怪しむべき文書だ。とても、集った皆に見せられるようなものではない。しかし、巷の妄言とも何か佇まいが違う。どうしても、無視できない圧力めいたものを感じさせられる。

ルンプに話した能楽で言うならば、鷗外をワキ、生徒をシテとして、まるで彼岸からの声が轟いてくるような。

――しかるに昨昭和四十四年十月二十一日に何が起つたか。総理訪米前の大詰ともいふべきこのデモは、圧倒的な警察力の下に不発に終つた。その状況を新宿で見て、私は……。

昭和。知らぬ元号だ。

さまざまな点で、理解に苦しむ。ただ、一つだけ可能な解釈がある。もしこれが、未来からの声であったならば？　未来の何者かの強い意志が、時を貫き、士官学校の生徒や教官の寝入りを襲ったのだとすれば……。

半世紀後か、あるいは百年後か。もっと先か。

空を飛ぶ怪鳥とやらは、まだ杢太郎らの知らぬ機械、おそらくは近年作られたと聞く飛行機に類する乗りものではないか。そして日本は敗戦を喫し、繁栄こそすれども、外国の傀儡(かいらい)となる。その上で、それを憂う人間がいる。男が演説していたという夢の内容に照らしあわせるなら、クーデターの扇動か。

そもそも、鷗外の話を聞いて腑に落ちない点があった。

もし白河校長が抗議の自決をしたというなら、なぜ遺書がなかったのか。なぜ、みずからの訴えを書き残し、みずからの命とひき換えに、教育総監に伝えようとしなかったのか。それは、校長の自死が抗議ではなかったからではないか。

そうでなく国の暗い未来を垣間見てしまい、一軍人として、絶望したからではないか。

もしくはこうだ。夢に見た憂国の士に同調したい気持ちがあったが、むしろその男を鎮圧しなければならない立場に自分が置かれていると気がついたから。

また、頭がぐらぐらするのを感じる。自分はどうかしている。なんだか、目の前に亡霊が立っているようだ。あるいはやはり、これも塚に生えた草を別の何かと錯覚しているだけなのか。あの〈隅田川〉の物語の結末のように。

ここでふと、新たな疑問が湧いた。

なぜ、鷗外はこれを自分に手渡したのか。このような文書を、杢太郎に預ける意味などこにもない。いや、もしかすると――。

鷗外が杢太郎に手渡したかったもの。

それは、未来だったのではないか。

振り返ればずっと、杢太郎はずっと鷗外に芸術をやれと言ってほしかった。医学と芸術のあいだで煩悶する自分の背を押してほしかった。鷗外に認められた啄木を羨ましく思った。けれど、よくよく考えれば、啄木は最初から芸術のことしか頭になかった。芸術を選んでいた。医学などという選択肢は彼にはなかったし、選びたくても選べなかった。

見透かされていたのだ。

はっきりと芸術を選んでいないこと。鷗外にあと押ししてもらいたかったこと。すなわち、自分で自分の道を定めようとしていないこと。当たり前だ。そんなもの、あの先生がどうして認めようか。医学と芸術の両方をやる先達として、もとより、鷗外は暗に言っていたのだ。

みずからが決めろ。一人で立て。舵を取れ、と。その上でこそ、後進に未来を託したかったのだ。

なぜわからなかったのか。

いや、違う。わかっていたのだ。ずっとわかっていて、気づかぬふりをしていたのだ。

いったい、ぼくは何をやっていたのだ――。頭が痛む。しばらく放心したように、杢太郎はその場に佇んでしまった。

またぐらぐらしはじめた頭を抱える。そこにふと、気配を感じた。

「こんなところにいらしたのですね」

あやのだ。酔って出ていってしまった杢太郎を心配したのだろうか。逆光で、表情はよくわからない。杢太郎は手にしていた紙切れを折りたたみ、懐に戻した。

「何やら難しい顔をされていましたが……。それでは、風邪をひいてしまいますよ」

「あやのさんこそ。ぼくは大丈夫なので、店のなかへ……」

そう言ったが、相手は何も応えない。怪訝に思ったところで、

「用がございまして」

と、いつもの凜とした声が返ってきた。

「杢太郎様。わたしからも、一言よろしゅうございますか」

五

一陣の風とともに、木々がざわざわと揺れた。

「思えば、違和感は最初からあったのです」

あやのの一言に、目に見えない扇を突きつけられたかのような気分になる。

「最初に皆様が会を開かれた際、杢太郎様の挨拶はこのようなものでありました。〝日本最初の耽美派運動に〟と。これは時流の自然主義に背を向け、美のための美を求めようとするものですね」

また風が吹く。

身震いをし、羽織の前をあわせようとして、和室に置いてきてしまったことを思い出した。

「そうだったかな」本当は憶えていたが、少し気恥ずかしくて杢太郎は惚けた。

「ですがわたしの印象では、杢太郎様はむしろ内実や真実を求めるおかたです。いえ、美を重んじた詩作をされていることは承知しています。しかし、戯曲はいかがでしょうか」

記念すべき第一回のとき、考えていたことを思い出す。

――杢太郎もまた、美のための美を愛する。その点については間違いない。

——しかし同時に、内実や真実を求める気持ちもある。

——それらは戯曲などにぶつけているが、おそらく気質のどこかが分裂しているのだろう。

「ぼくは美のための美が好きだ。それについては本当だよ……」

「この第一回ですが、杢太郎様はある傾向をパンの会にもたらしました。謎をかけ、それを皆様で検討するというものです。最初に謎を出したのは、ほかならぬ杢太郎様でありました。そしてまた、こうは申せませんか。謎を解くとは、真実を求める行為そのものであると。かくして、皆様の会は第一回の時点ですでに、ある種のねじれを抱えることと相成りました」

黙したまま、杢太郎はあやのがつづけるのを待った。

「第二回は、とある神学についてのお話がありましたね。確証を得たのは、第三回です。勇様の作風についてのお話が出たとき、明らかに、杢太郎様は思うところのあるご様子でありました」

——思いが先走り、享楽、あるいは美のための美に流れてしまうのではないか。

——いずれ勇君が老成し、そのときなお、歌をやめていなかったら。

「第四回。杢太郎様は議論の過程で、過去の人類館事件のことを持ち出されました。博覧会の台湾館についても、複雑な考えをお持ちのようでしたね。これらは、もはや政治そのものです。振り返れば、杢太郎様はあちらこちらに政治の話をちりばめてこられました。ですが美のための美とは、政治から一番遠いところにいてしかるべきではありませんか」

――台湾生まれの年端もゆかぬ少女らが給仕させられた。

――しかも、台湾は明治二十八年に日本が奪ったばかりの土地だ。

――ぼくに言わせれば、動機がないと言うほうがおかしいね。

「第五回は？」

「啄木様の存在そのものです。啄木様は、働くなら政治記者がいいと言っておられた。しかも皆様の会を評して、いきなりこんなことをおっしゃいましたね。〝苦労を知らん連中が、毛唐を真似て社会から目を背けている〟などと。耽美派運動を率いるというのでしたら、よりにもよって、このようなお人に声をかけたりするものでしょうか」

逆光のなか、あやのが李太郎を直視するのがわかった。

「そして今回は、士官学校に由来する細民窟の事件。白秋様と勇様が事件と遭遇したのはたまたまでありましょうが、それにしても、結論から見れば今日のお話は社会問題そのものでした」

「もういいよ」

薄く笑って、李太郎は両手を上げた。

「ずばり言ってくれ」

「端的に申し上げます。杢太郎様は、美のための美など、信じておられないのではありませんか。しかしそういたしますと、いったい、何をお考えになっているのか……」

長い嘆息が聞こえた。遅れて、それが自分の発したものであると気づく。

「もう一度言うけれども、ぼくは本当に美のための美を愛しているよ」

「ですが、それだけではございません」

「それがぼく自身わからないんだよ。耽美とは、早い話が虚構だということだ。それなのに、どうしたわけか惹かれてしまう。それがなぜなのか、皆と語らいながら、推し量ってみたい気持ちがあったのは確かだ。それから……」

「それから？」

「これはぼくの予感にすぎないから、その上で聞いてくれるかな。近い将来、五年後か十年後かわからないが、ぼくは帝国主義が美のための美を身にまとうと考えている。そうすると、ぼくらの美のための美は、まったく無力化されてしまうかもしれないんだ」

「どういうことでしょう？」

「もっと言うなら、取りこまれるといったところかな。これが、ぼくの杞憂ならそれでいいんだけれどね」

つまりね——。そう言って、すっかり星の広がった空を仰いだ。

「帝国が美と化した世界となれば、美は帝国と同化する。これが侮れないのは、ぼくらが本当に、本心からそこに美を見出してしまいかねないことなんだ。ではもし、帝国が危うい道を歩みはじめたら？　それでもなお、ぼくらがそこに美を見てしまったら？　どうあれ、美のための美は虚構ゆえに危うい。耽美では、政治に抗えない」

「それなら――」言ったきり、あやのが口を結んだ。

「それならば、美を政治化することで政治に抗うか？　でもぼくは、たぶんそれに美を感じられないんだ。これが宿痾みたいなものでね。結局は好きなんだよ、白秋君の書くようなものが」

「であれば、こういうことでありましょうか。杢太郎様は時代に先んじて、美のための美を鍛えようとお考えになった。すなわち、美が現実に取りこまれるより前に、こういった会を催すことで」

いや、と反射的に声が出た。

あやのが言ったようなことは、実際、まるきり考えなかったわけではない。だが、自分の本当の心はどこにあるのか。そこまで思いを巡らせたところで、苦い笑いがこぼれた。

「あんまり買いかぶらないでくれ。ぼくは、そこまでの器じゃないよ」

「はたしてそうでしょうか」

「それより、今度はぼくのほうに質問させてもらえないか。あやのさん、きみこそ全体何者なのだろう？　これまでのことで、ひとかどの人物であることはよくわかった。どこかで、見たような憶えもあるんだが……」

問われ、あやのが杢太郎から離れるように半身になる。

が、まもなく決意を固めたのか、あやのは軽く嘆息するとこちらに向き直った。

「そこまでの者ではございません。ただ、ほかならぬ杢太郎様がお訊きになったのでお答えいたします。本当の名は、わけあって隠しておりました。いまは、巷の女性のありようを我が身をもって知りたく思い、ここで働かせてもらっております。平塚明（はる）と申します」

憶えのある名だ。

記憶を探って、そうか、とやっと思い当たる。

「するときみが……」

「もう少し先かもわかりませんが、近く、『青鞜（せいとう）』という名で女性のための運動を起こそうと考えています。それも、美を政治化することを通じてです。そうなりますと、杢太郎様とは道こそ違えますが、今晩は、お話しできてよかったと本心から思っております」

相手がそこまで話したところで、急に店のなかから、どたばたする足音や騒がしい声が聞こえてきた。鼎や白羊の声が聞こえる。頷きあい、二人で和室に戻った。それから、目の前の光景に二人して戸口で棒立ちになってしまう。

しこたま酔ったルンプが、胃のなかをすっかり吐き出してしまっていたところだった。

*

その晩、画や文学の話は尽きず、気がつけば日付もまたいでいた。人事不省となったルンプは申し訳ないが放っておくことにして、どこかで夜明かししてつづけようということになった。

残っているのは、白秋、柏亭、鼎、白羊だ。

外に出て、皆がどこへ行こうか相談しているあいだ、杢太郎は一人隅田川の前に出た。水面（みなも）は暗く、一羽、群れからはぐれた百合鷗がいる。夜になったら群れで海へ移動するはずだが、鷗にもうっかり者がいるようだ。

「おおい、どうしたんだい」

背後から柏亭の声がしたので、すぐ行くよ、と答えた。

それから、川を前に黙想する。これまで聞いたいくつもの声が、脳裏に反響した。

――きみも医学者になれ。ぼくとて、普段はこんなことは言わない。

――杢太郎君、きみが観覧車になるというなら、ぼくはイルミネーションになるよ。

――ぼくが今日来たのは、青春の終わりの一つの記念のようなものだ。

自分は何者か。何をなさんとしているのか。あるいはやはり、医学へと進むのか。頭が痛んできたのを堪え、天を仰いですうっと息を吸い入れた。夜の冷えた空気が、清らかに肺に満ちていく。

「あやのさん、やはりきみはぼくを買いかぶってるよ」

そんな独言が漏れた。

ぼくは、いまのうちに楽しみたかったんだよ。もう少し、この時間を。美のための美を謳歌できるうちに、美のための美を謳歌する青春を。時代が、それを許してくれるうちに。が、いずれ芸術を捨てた場合はどうするか。そうだな。白秋、きみに託すこととしようか。

ふいに、奥底に衝動が走った。

酔いにまかせ、李太郎は歌いはじめた。ラッパ節にあわせた、白秋の「空に真赤な」だ。

空に真赤な雲のいろ。
玻璃に真赤な酒の色。
なんでこの身が悲しかろ。
空に真赤な雲のいろ。

　一同はやや呆気に取られていたが、すぐに李太郎と一緒に声を揃え出した。あわせて、白羊の三味線が弾かれる。白秋一人が、いかにも面映ゆそうに俯いていた。歌が終わったところで、もう一度柏亭に呼ばれる。李太郎はそれに応えてから、鷗のほうを向いた。

「海へお行きよ」

声をかけると、まさか通じたわけでもないだろうが、鷗が羽ばたいて湾の方角へ飛び去っていった。それを見届け、小走りに李太郎は一同に合流した。心中で、そっとささやく。

　さらば、鷗よ。

覚え書き

本章は三島由紀夫の「英霊の聲」および「憂国」より着想を得ている。作中の文書は、三島が自決前にしたためた檄文である。氏が自衛隊の決起を求めて演説をし、そして自決に至った陸上自衛隊市ヶ谷駐屯地は、本章の陸軍士官学校の跡地に位置する。大島久直大将は実在し、問題の日、鷗外と実際に士官学校で会っていたことが鷗外の日記より確認できる。白河毅少将は架空で、モデルはなく、史実では南部辰丙（しんぺい）少将（当時）が士官学校の校長を務めていた。大逆事件によって幸徳秋水が逮捕処刑されたのは、この翌年から翌々年にかけてのことであった。作中の食事は後年日本で生まれるドリアであるが、グラタンのマカロニのかわりにうどんを入れるといったことがなされていたようなので、試みた者はすでにいてもおかしくないだろう。あやのについては自伝や評伝、年譜における空白期間がちょうどパンの会の時期と重なっていた。専門家や詳しいかたから見れば無理が見つかりそうだが、趣向ということでご容赦願いたい。この日、ルンプが吐いたことは杢太郎の日記に記されているものの、百十年も経てなおも掘り返すことについては、著者自身申し訳なく思う。ごめんルンプ。なお各話の登場人物は、野田宇太郎氏の調べと、杢太郎による記録にもとづいている。エピグラフは『ベンヤミン・コレクション1』（ちくま学芸文庫、ヴァルター・ベンヤミン著、浅井健二郎編訳、久保哲司訳）の第二版より引用した。最後に、各話のブラッシュアップにあたって数々の鋭い意見をくださった笛吹太郎氏、驚異的な調査力で関係者の証言や定説を覆してくださった校閲諸氏――誤りはすべて著者に責があります――また連載に寄り添ってくださった担当編集の羽賀千恵氏、そしてパンの会の魅力と輝きを教えてくれた妻に感謝を捧げます。

主要参考文献

前回までの文献に加え、『山本鼎と倉田白羊――生涯と芸術』小崎軍司、上田小県資料刊行会(1967)／『陸軍士官學校一覧』陸軍士官學校編、成進堂(1908)／『陸軍士官学校』山崎正男編、秋元書房(1969)／『あゝ市ヶ谷台――陸軍士官学校の栄光と悲劇』菊村到、双葉社(1971)／『東京の下層社会』紀田順一郎、筑摩書房(2000)／『最暗黒の東京』松原岩五郎、岩波書店(1988)／『明治東京下層生活誌』中川清編、岩波書店(1994)／『日本の下層社会(改版)』横山源之助、岩波書店(1985)／『解註謡曲全集112　隅田川』野上豊一郎編、やまとうたeブックス(2018)／『異界を旅する能――ワキという存在』安田登、筑摩書房(2011)／『元始、女性は太陽であった――平塚らいてう自伝　上』平塚らいてう、大月書店(1971)／『平塚らいてう　人と思想71(新装版)』小林登美枝、清水書院(2015)／『平塚らいてう――信じる道を歩み続けた婦人運動家』差波亜紀子、山川出版社(2019)／『英霊の聲――オリジナル版』三島由紀夫、河出書房新社(2005)

解説

根岸哲也

芸術を愛する人々を魅了し続けてきた『百花譜』という美しい画集がある。折り取った路傍の草花が瑞々しく写生された絵に、日記などの字句が添えられている。詩情さえ感じられる、これらの草花を描いたのは木下杢太郎。明治に生まれ、昭和に没した、医学者である太田正雄の詩人、劇作家としての名が木下杢太郎だ。本書は、二十三歳のときの杢太郎を主人公としている。

デビュー短編を表題作とする最初の著書『盤上の夜』で日本SF大賞を受賞して以来、宮内悠介は、SF、ミステリ、冒険、純文学と、ジャンルを越境した数々の傑作を世に送り出し、多くの賞を受賞してきた。史上初めて、芥川賞、直木賞、三島賞、山本賞の全てにノミネートされた作家でもある。SF作品の刊行が続いたことで、作家としての初期には、SFプロパーの書き手と思われていたこともあった。しかし、学生時代には、ワセダミステリクラブに所属し、ミステリの新人賞に応募していたことが、今では知られている。ミステリを小説執筆の原点とする著者にとって、本書は『月と太陽の盤　碁盤師・吉井利仙の事件簿』以来、約五年ぶりに発表された本格ミステリの連作短編集であり、ミステリ・ジャンルでの代表作の一つとなるだろう。

物語は、明治四十一年十二月、両国橋近くの西洋料理屋の第一やまとに始まる。今、まさに、耽美主義を追求するサロン「牧神（パン）の会」の第一回が開催されようとしている。この会は、隅田川をセーヌ川に、第一やまとをパリのカフェに見立て、人が芸術のみを考えて生きていける時間と空間を夢見て、同名のドイツの芸術運動から名付けられた。

そのメンバーは、物語の主人公である木下杢太郎をはじめ、北原白秋、吉井勇、山本鼎、石井柏亭、森田恒友らの若き文学者や画家である。第一話では、牛鍋や燗酒を味わいながら、翌月に創刊される文芸雑誌「スバル」のことなどを語り合う。しかし、やがて話題は、杢太郎が森鷗外邸の歌会で聞いた、団子坂で乃木大将の菊人形に刀が突き立てられた事件に移る。衆人環視であったにもかかわらず、犯行は目撃されていなかった。「なんなら解いてみたくもあるね。詩人や画家ならではの直感というものがあるだろう？」という白秋の言葉をきっかけに、様々な推理が繰り広げられるが謎は解けない。そこに、店の女中のあやのが「一言よろしゅうございますか、皆様」と口を挟み、事件の謎を解く。本書には六短編が収録されているが、ほとんどが、このパターンで事件の真相が明らかになる。

レストランの宴席でゲストが提示した謎をメンバーが推理するが、真相を見抜くのはいつも給仕のヘンリーという、アイザック・アシモフの『黒後家蜘蛛の会』は、ファンの多いミステリ短編のシリーズだ。本書は同作品の形式の本歌取りである。この作品には、各話に創作の裏側を記した「覚え書き」が付属する。本書でもその形式は踏襲され、それらを読むと、語られる事件は架空だが、「パンの会」の毎回の出席者や彼らの行動は「日記」や「評伝」に基づいており、物語の細部の考証には、膨大な資料が参照されていることがわかる。

第一話は浅草凌雲閣からの墜死事件、第三話は華族の屋敷での猟奇的な嬰児殺害事件、第四話は上野公園で開催された東京勧業博覧会での銃殺事件、第五話はニコライ堂での修道司祭刺殺事件、第六話は市ヶ谷の陸軍士官学校の校長と四谷の細民窟での女児の不審死の謎が語られる。このように、この時代を象徴するランドマークや状況下で事件が起こる。

また、第二回以降の「パンの会」の出席者として、フリッツ・ルンプ、石川啄木、事件関係者として、森鷗外、与謝野晶子、ニコライ主教といった歴史上の人物が次々に登場する、山田風太郎の明治もののような趣向が楽しい。更に、各話に登場し、登場人物たちが味わう洋食も美味しそうだ。実は、これらの料理は、この時代にはまだ存在していなかった。しかし、当時の材料や、料理技法なら、このような洋食があり得たのではないかとアレンジして、著者は登場させている。この試みも、料理屋での推理合戦の良いアクセントになっている。

本格ミステリとしての仕掛けも卓抜であり、第一話や第二話のチェスタトンや泡坂妻夫ばりの逆説の論理、第三話の死体損壊の理由、第五話の修道司祭の殺害の動機などが印象に残る。六話全ての謎が、この時代の社会背景と結びついている。連作ミステリは各話に謎があると共に、全体の大きな謎が最終話で解かれる形式が多いが、本書において、それは安楽椅子探偵役のあやのの謎と、そのあやのが分け入る杢太郎の心中の謎だろう。ホモソーシャルな会をフィクションで描くには「新しい女性」的存在を組み込むことでバランスを取りたかったと、本書刊行時のインタビューで著者は語っている。

本書には青春小説の側面もある。自分たちの才能を信じ切れない「パンの会」の若者たちは、この時期、世に出るか出ないかの境目にいる。美のための美を追求し、未来の新たな美を語り合う彼らの会話に耳を傾けるのは心地よく、各話のエピローグは青春の感傷に満ちている。白秋ほどには耽美に溺れられず、現実に揺り戻され、芸術の道か医学の道かの選択に煩悶する杢太郎の姿は多くの読者を惹きつけるに違いない。

著者の『遠い他国でひょんと死ぬるや』の執筆動機には、二十三歳の若さでルソン島で戦没した、詩人の竹内浩三を世に知らしめたいとの思いも含まれていたのではないかと推察する。それと同じように、本書は、尊敬する「推し」の杢太郎を多くの人に知ってほしいとの著者の気持に溢れた作品となったが、その気持は読者に通じたのではないだろうか。

第三話に、物語が閉じた後の杢太郎の行く末の伏線が張られているが、その決断は物語では描かれていない。後に医学の道に進んだ彼は、太田母斑（Nevus of Ota）の疾患概念を確立した学者として、名を知らぬ皮膚科医は世界中にいないと言われるほどの業績をあげる。また、ハンセン病患者に対する、国の隔離政策に異を唱え、他の医学者が推進していた断種を批判し、自らも外来で患者の治療を行った。

物語は、言論弾圧の象徴たる大逆事件で幸徳秋水が逮捕される前年に終わり、日本が暗い時代を迎えることが暗示される。そんな空気感が最終話である第六話では顕著に描かれるが、著者は陸軍士官学校生と教官らの集団夢の内容により、過去と現代を大胆にも繫げる。この驚くべき展開は、リアリティを捨てかねないとしても、著者が訴えたかったことを浮かび上がらせるのに必要だったのだろう。「帝国が美と化した世界となれば、美は帝国と同化する」「美のための美は虚構ゆえに危うい」という、杢太郎があやのに語りかける言葉には、著者の思いが託されている。

第六話の扉には、エピグラフとして、ヴァルター・ベンヤミンの「複製技術時代の芸術作品」の一節が引用されている。第六話の読後には、この一節を読み返すこととなったが、他の各話のエピグラフも、各話の余韻をより深めるものになっており、著者の引用は周到である。

「美のための美とは何か」をテーマとした、本書の解説は、それにふさわしい作家の文章の引用で締めることとしよう。

「私がいちばん美しい紀行文と信ずるのは、木下杢太郎氏の文章であります。私は文章によって見知らぬ他国にあこがれ、そこの国に行っても、木下氏の文章を通じて物を見ているような感じさえしたのであります。」――『文章読本』三島由紀夫

――俳人（澤俳句会同人）・東洋大学国際部長

この作品は二〇二二年一月小社より刊行されたものです。

幻冬舎文庫

●最新刊
監禁依存症
櫛木理宇

性犯罪者の弁護をし、度々示談を成立させてきた悪名高き弁護士の小諸。ある日、彼のひとり息子が誘拐される。これは、怨恨かそれとも。ラスト一行まで気が抜けない、二転三転の長編ミステリー。

●最新刊
まだ人を殺していません
小林由香

「悪魔の子」と噂される良世を引き取り育てることになった翔子。何も話さず何を考えているかわからない彼に寄り添おうとするが、ある日、蟻を「作業」している姿を目撃し――。感涙のミステリ。

●最新刊
文はやりたし
中谷美紀

ご縁あってドイツ人男性と結婚して始まった二拠点生活。一年の半分は日本でドラマや映画の撮影に勤しみ、残りはオーストリアで暮らしを楽しむ。不便だけれど自由な日々を綴ったエッセイ。

●最新刊
もう、聞こえない
誉田哲也

傷害致死容疑で逮捕された週刊誌の編集者・中西雪実。罪を認め聴取に応じるも、動機や被害者との関係については多くを語らない。さらに、突然「声が、聞こえるんです」と言い始め……。

●最新刊
レインメーカー
真山　仁

病院で二歳児が懸命の救急治療も及ばず亡くなった。両親は医療過誤だと提訴。そこで病院の弁護に立つのは、この手の裁判にめっぽう強い雨守誠だ。雨守は執念で医療現場の不条理に斬り込む。

かくして彼女は宴で語る

明治耽美派推理帖

宮内悠介

令和5年10月5日　初版発行

発行人――石原正康
編集人――高部真人
発行所――株式会社幻冬舎
〒151-0051東京都渋谷区千駄ヶ谷4-9-7
電話　03(5411)6222(営業)
　　　03(5411)6211(編集)
公式HP　https://www.gentosha.co.jp/
印刷・製本―中央精版印刷株式会社
装丁者――高橋雅之

幻冬舎文庫

ISBN978-4-344-43325-0　C0193　み-37-1

この本に関するご意見・ご感想は、下記アンケートフォームからお寄せください。
https://www.gentosha.co.jp/e/